A mio padre, a mia madre

Il disegno a matita della copertina è dello stesso autore

Titolo | Patri, Patrinu e Patruni
Autore | Vincenzo Scuderi

ISBN | 978-88-91165-86-2

Youcanprint Self-Publishing
Via Roma, 73 – 73039 Tricase (LE) – Italy
www.youcanprint.it
info@youcanprint.it
Facebook: facebook.com/youcanprint.it
Twitter: twitter.com/youcanprintit

INDICE

Breve trama del romanzo

Il romanzo narra alcuni fatti riferiti ad un boss mafioso di Cosa Nostra, un certo don Filicinu, visti negli aspetti più ironici che tragici attraverso l'uso di una terminologia e di un linguaggio che, alla siciliana, vengono chiamati "alla spicciolata".
Contiene anche la Presentazione ideale di un personaggio importante che opera nello stesso ambiente e che usa, bontà sua, un linguaggio definito in termini siculi "papale, papale".
Il nostro protagonista viene presentato nelle vesti di:

Padre.

Avendo avuto grande ammirazione e considerazione verso un suo giovane affiliato, considerato come "u figghiuzzu du cori" su cui porre ciecamente la sua fiducia.
Un giorno, in occasione del traffico di una partita di "merce bianca", ottiene in cambio un grande tradimento.
Atroce è la sua vendetta.

Padrino.

Per aver accettato di cresimare il figlio di un suo fidato esecutore, considerato il suo braccio destro.
Il giovane, impiantatosi poi in America, diventa grazie al suo aiuto un capo mafia importante e famoso d'oltre Oceano.
Prima di partire riceve l'investitura ufficiale in Cosa nostra.

Padrone.

Il boss evidenzia spietatatezza e crudeltà estrema nei confronti di due cosiddetti suoi "amici" che hanno osato mettere dei limiti alla sua autorità e alla gestione del suo territorio, condannandoli a una esecuzione esemplare.

L'autore

Precisazioni dell'autore

Mi è d'obbligo fare una precisazione.

Il dialetto siciliano dei personaggi rispecchia esclusivamente il mio, quello cioè che è diventato, col tempo, patrimonio personale.

Ciò che scaturisce è la sintesi di almeno tre dialetti: quello della provincia di Catania (Ramacca), quello dell'agrigentino (Licata), ed infine risente dell'influenza, seppure impercettibile palermitana.

Questa simbiosi può sembrare, forse, piacevole perché di ampio respiro, abbracciando più territori siciliani.

Non può certo considerarsi dialetto puro, zonale, tipico e caratteristico di un preciso e ristretto territorio.

All'età di dieci anni la mia famiglia fu trasferita dalla provincia di Catania a quella di Agrigento.

I miei studi universitari furono interamente compiuti a Palermo. Ciò spiega il motivo di quanto sopra precisato.

L'esposizione del romanzo è in Italiano, mentre tra parentesi è riportato il corrispondente in dialetto siciliano.

Infine, devo chiedere scusa ai lettori per il linguaggio a volte scurrile del nostro personaggio principale.

Ho cercato, inutilmente, fuori scena, di convincerlo ad usare una terminologia il più possibile contenuta e consona alla situazione, ma capite bene che talune personalità, quando sono sotto i riflettori, credono d'essere gli assoluti protagonisti. Si incaponiscono e non ascoltano nessuno, tanto più se sono di tutto rispetto e "pezzi da novanta".

L'autore

Una Presentazione particolare

Guarda un po' che tipo di libro mi ha fatto leggere il professorone mio!

Mi chiedo da dove gli siano balenati nel suo cervello tutti questi intricati cavilli.

Se li sogna, per caso, la notte?

E dire che è stato proprio lui a dirmi chiaramente, che quelle descritte sono tutte fantasie.

Eppure, certe volte, le fa credere come vere o vero-simili.

In effetti, appartengono al suo romanzo e su ciò non posso metterci mano, ma questo cristiano, insomma questo autore, non lo capisco proprio come ragiona... se con la testa o con chi sa che cosa.

Inoltre, non riesco a spiegarmi perché deve farlo presentare proprio a me questo suo nuovo libro!

Che significa? Che si è fissato sulla mia persona?

Non sa che sono serio e d'onore?

Quando devo fare qualcosa, una sola volta me la devono dire, perché due sono troppe e poi possono fare male ai destinatari.

Non so se mi sono spiegato!

Vi dico subito che, proprio in questa occasione, voglio prendere le dovute distanze da questa specie di contenuto.

E siccome il mio professorino mi ha detto di scrivere quello che minchia voglio, allora mi sono preso la briga di dire ciò che mi passa per la testa.

Per prima cosa, questo sant'uomo non capisco proprio da dove ha preso il nome di don Filicinu.

Perciò, avverto subito chi legge questo libro di non badare troppo al contenuto perché è davvero troppo fantasioso, per me pieno di minchionate.

Inoltre devo precisare che per come scrive e per come si esprime, lo fa così bene alla stessa maniera di come io so parlare l'italiano.

Non so se mi spiego!

Va bene, va'!

Che posso dire di questo libro?

Leggetevelo e fate finta d'essere soddisfatti, così lo farete contento questo nostro autore.

Con la speranza che la smetta presto di scrivere queste emerite castronerie.

Alla fine, considerate il nostro professorone come un bambino. Se non gli dicono "bravo", non la smette.

E siccome lui la deve smettere di scrivere stupidaggini del cavolo, è meglio che gli battiamo le mani e la finiamo qui!

Chiudiamo adesso il sipario e stendiamo definitivamente un velo pietoso, augurandoci d'essere proprio alla fine.

E con ciò…

Bacio le mani alle gentili Signore,
signorine e signorinelle,
Vostro devotissimo

don Franciscu

Presentazione in dialetto siciliano

('Mizzichinala chi sorti di libru mi fici leggiri u prufessureddu miu!
Ma di unni ci vinniru in testa tutti sti intrighi e calvilli?
Chi fa?
S'insonna a notti?
E poi, iddu l'ha dittu chiaramenti ca sunu tutti fantasi i sua!
Eppuri, certi voti, i fa cridiri veri o vero-simili!
In effetti appartenanu a so romanzu e 'ddocu, nun ci pozzu mettiri manu.
Iu stu christianu, però, nu capisciu com'è fattu!
E poi, pirchì l'ha fari presentari, n'autra vota, propriu a mia, stu novu libru?
Che?
Si fissò ca me pirsuna?
Nu sapi ca sugnu unu seriu e d'onuri?
Quannu fazzu na cosa, l'haiu a fari na sula vota, pirchì dui, sunu troppu e sturpianu.
Vu dicu subito, puri ni st'occasioni, ca vogghiu pigghiari i distanzi, di chista speci di contenutu.
E siccomu u prefessureddu mi dissi ca pozzu scriviri chiddu ca cazzu vogghiu, allura, mi pigghiu puri a briga di diri soccu mi pari e piaci.
Pi prima cosa, stu sant'homu unni u pigghiò stu nomi di don Filicinu?
Cu leggi stu libru, nun c'ha dari accura, pirchì è troppu fantasiusu.
E poi haiu a precisari ca pi comu scrivi e pi comu parra u prefessuri, iddu sapi scriviri accussì beni comu iu sacciu parrari l'italianu.
Non so se mi spiegu!
O megghiu, se mi sono spiegatu!
Va beni vah..!
Chi pozzu diri di stu libru?
Liggitavillu e faciti finta d'esseri cuntenti, accussì u faciti filici ca spiranza ca a smetti di scriviri sti minchiunati veri e propri!
All'urtimata, u prefessureddu, è comu i picciriddi.
Si nun ci diciunu "bravu", non smetti.
E siccome iddu l'hava a finiri di scriviri sti babbiati du cavulu è megghiu ca ci battemu i manu e a finemu cà.

Chiudemu u sipariu e stinnemu definitivamenti nu velu pietusu, ca spiranza ca fussimu propriu a fini….

E cu chistu….)

Bacio le mani alle gentili Signore,
signorine e signorinelle,
Vostro devotissimo

don Franciscu

Personaggi in ordine di apparizione

U prefessuri, prufesureddu, il professore, l'autore
Don Filicinu, don Felice, "u boss", "u pezzu di novanta"
Pasqualino, l'autista
Donna Crocina, la mamma di don Filicinu
L'avvocato personale di don Filicinu, dottor Mariano
Ramunnu, l'uomo fidato
Austinu - Agostino, il secondo uomo fidato
Ntunizzu, l'amico di Ramunnu
Vicinzinu, "u sciancatu", lo storpio, il grande capo della cupola
regionale
Cristina, la moglie di don Filicinu
Rosalia, la sposa
Agatina, la moglie di don Vicinzinu
Liborio, lo sposo
Pinuzzu, Giuseppe, il figlio di Ntoniuzzu
Patrizia, la figlia di don Filicinu
Milina a gnura, la domestica di casa
Don Caloiru u "Sbiddicatu",
Don Marianu, soprannominato "u Siccagnu",
Don Sariddu, "Facci Tagghiata",
Mastru Ciccinu, "u Pisciaru"
Don Giuvanninu, "u Mangiapani a Tradimentu"

UNA RICHIESTA INASPETTATA

- Si accomodi professore illustrissimo!
Quale onore averla in questa casa!
Ho sentito dire che è bravo a raccontare le storie degli uomini d'onore.
Però, ho l'impressione che stia sbagliando a seguire sempre una stessa strada!
Veda che sta prendendo una mala piega!
Desidero avvertirla, perché poi non voglio avere un peso sulla coscienza!
Non voglio certo dare consigli a nessuno...
Per carità, me ne guarderei bene.
Ma lo sa, mi piace esprimere il mio pensiero se a voscenza non disturba.
Forse si offende se parlo in questo modo?
Se le dà fastidio, smetto.

(S'accomodassi prefessuri illustrissimu!
Quali onuri havilla ni sta casa!
Haiu sintutu diri cha è bravu voscenza a cuntari i stori da genti d'onuri.
Però mi sa, ca sta sbaghiannu a seguri sempri na stissa strata!
Vidissi ca sta pigghiannu na mala piega!
A vogghiu avvertiri pirchì poi iu nun vulissi aviri stu pisu na cuscenza!
Nun mi piaci certu dari cunsigghi a nuddu!
Pi carità mi ni guardu beni!
Ma u sapi, mi piaci esprimiri u me pinzeri, se a voscenza nun fa disturbu.
Chiffà si nichìa si parru accussì?
Se nun ci garba smettu!)

- Perché?
Che cosa ho fatto di tanto grave?
Cosa ho detto di così offensivo?
Ho riportato qualcosa che non dovevo?

Ho sbagliato… in cosa?

- Moderazione professore caro!
Si deve dare una calmata!
Non si deve montare la testa perché ho l'impressione che cammini sopra un campo minato.
Sul fuoco… insomma
Lo vuole capire o no?
Stia attento!
Non è che queste notizie su voscenza io le abbia avute perché m'interessano direttamente!
S'immagini se ho tempo da dedicare a lei.
A me, certe notizie, arrivano sino alle orecchie.
E non le vorrei sentire proprio per nulla.
Non m'interessano.
Come glielo devo dire?
Invece, nonostante me ne strafotta, quelle persone mi vengono sempre a rompere la minchia.
Che posso farci?
In questo modo ho saputo ciò che sta facendo.
Cioè che sta scrivendo qualche cosuccia.
Mi dica!
Che è per caso, scrittore?
Mi avevano detto che era professore.
O sbaglio?
Perché, ancora, le sembra, che l'abbia ben capito?
È un professore o uno scrittore?
È per caso… uno di quelli…
Che so… di quattro soldi?
No, perché certe cose le devo sapere in anticipo, in modo possa regolarmi.
Mi dica un'altra cosa!
Dove cazzo le va cercando certe notizie che riguardano la nostra organizzazione, la nostra "Cosca"?
Ma voscenza fa sul serio o scrive minchiate per finta?
Tanto per dire…

Perché ammettendo che le sue fossero delle minchiate, queste stesse, si devono saper dire, altrimenti diventano una vera minchia di minchia.

Cioè n'emerita merda.

(Moderazioni prefessuri beddu!

S'hava a carmari!

Nun s'hava a muntari a testa, pirchì camina supra nu campu minatu.

In capu o focu.

U voli capiri o no?

Stassi accura!

Iu, nun è ca sti cosi supra di vossia i sacciu pirchì m'interessanu direttamenti!

S'immagginassi si haiu tempu di didicari a lei!

A mia, certi notizi, mi venunu a cuntari ''nzinu all'oricci.

Iu ni vuilissi sentiri mancu pi cazzu.

Nun m'interessunu propriu!

Comu ci l'haiu a diri?

Inveci, ca ritta o ca storta, m'hana a veniri a rumpiri sempri la minchia!

Chi ci pozzu fari?

E accussi vinni a sapirti di sti cosi ca sta facennu…

Cioè ca sta scrivennu voscenza…

Ma mi dicissi na cosa!

Chi è pi casu scrittori?

Nun dissi ca era prefessuri?

Pirchì ancora iu, chi ci pari, l'haiu caputu bonu?

È prefessuri o scrittori?

È pi casu unu di chiddi….

Chi sacciu … chiddi … di quattu sordi?

No, pirchì iu, certi cosi l'haiu a sapiri prima, in modu ca mi sacciu regulari.

Ma mi dicissi n'autra cosa?

Unni cazzu i va circannu certi nutizi ca riguardunu a nostra organizzazioni, a nostra "Cosca"?

Ma voscenza fa pi daveru o scrivi minchiati pi finta?

Patri, Patrinu e Patruni

Pirchi ammittennu ca fussiri puri minchiati, chisti stessi, s'hana a sapiri diri, manzennò diventunu minchia di minchia!
Cioè a diri na merda!)

- Mi ha fatto venire fin qua, don Filicinu, per rimproverarmi e sfottermi o altro?
Mi vuole pure offendere?
Secondo lei, avrei scritto, per dirla pulita, delle emerite cretinate?
E ammesso che lo fossero, a lei che importa?

- Io questo non l'ho detto!
Sta facendo tutto lei.
Diciamo così: voscenza doveva essere più accorto.

(Iu chistu nun l'haiu dittu ca sunu critinati!
Sta facennu carti e primera.
Diciamu così, che voscenza, havissi duvutu essiri chiù accortu.)

- Ho l'impressione che lei mi ha fatto chiamare per rimproverarmi.
Se è così me lo dica subito.
La saluto e me ne vado.
Ho capito che devo togliere il disturbo!

- Dove se ne sta andando?
Venga qua!
E si avvicini un po'!
Com'è sensibile...
Ancora non ho neanche iniziato il discorso e già mi pianta in asso?
Lasci fottere quello che lei pensa e mi ascolti.
La vuole raccontata la mia storia?
L'ho chiamata per questo!
La vuole sentire quella di un personaggio veramente importante?
Però una cosa dobbiamo chiarire per prima ed è questa.
La deve smettere, una volta per tutte, di inserire nei suoi racconti le donne.
Voscenza ha scritto che quelle sono femmine siciliane coraggiose!
La smetta e faccia il serio con me!

La chiuda qua la faccenda.
Non mi faccia ridere...
E noi maschi, secondo lei, con tanto di palle, non contiamo nulla?
Stavolta, la voglio confidare a lei una vera storia di Cosa Nostra.
Propriamente quella mia...
Lei scriva e registri tutto quello che le dico, senza perdere neanche una virgola, perché quando parliamo noi, uomini d'onore e "du paraccu", una virgola non deve sfuggirle.
Glielo devo insegnare io il suo mestiere?
Che poi... mestiere...?
Ma quale mestiere?
Non è che lei ha fatto mai lo scrittore di professione!
Comunque...
Accontentiamoci di quello che ci passa il convento.
Meglio di niente...

(Unni si ni sta iennu?
Vinissi cà...!
E vinissi ni mia...
Com'è sensibili?
Ancora nun n'haiu finutu u me discursu e già mi lassa in tridici?
Lassassi futtiri chiddu ca lei pensa e ascutassi a mia!
A voli cuntata a me storia?
Iu pi chistu a chiamai!
A voli sentiri chidda d'un personaggiu veramenti importanti?
Però, na cosa l'hama a chiariri prima ed è chista.
L'hava a finiri, armenu na vota, d'infilarici ni so cunti, sempre i fimmini.
Voscenza scrivi ca chiddi sunu donni siciliani curaggiusi!
A smittissi e facissi u seriu cu mia!
A chiudissi cà!
E nun mi facissi arridiri...
E nuautri masculi, secunnu lei, cu tantu di palli, nun cuntamu nenti?
Stavota a vogghiu cunfidare a lei na vera storia di Cosa Nostra.
Chidda mia, vera e propria....

Lei scrivissi e registrassi tuttu chiddu ca ci dicu, senza perdiri na virgula, pirchi quannu parramu nuautri homini d'onuri e du paraccu, na virgula nun havi a scapapri.
Ci l'haiu a 'mparari iu u mesteri?
Ca poi... misteri!
Ma quali misteri?
Un'è ca lei ha fattu mai u scrittori di professioni?
Comunque...
Accuntintamuni di chiddu ca ni passa u cummentu.
Megghiu di niente.)

- Veramente sono stato professore!

- Visto che non sbagliavo?
Diciamo allora che lei svolge il lavoro di scrittore abusivamente, che lavora... in nero... senza nessuna autorizzazione.
Come fosse un pittore di quelli che scarabocchiano e che si chiamano naif!
Ed allora che mi va imbrogliando?
Io non mi sbaglio mai...
Comunque...
Scriva adesso e non m'interrompa.

(Vistu che non mi sbagghiavu?
Dicemu, allura, ca lei svolge il lavoro di scrittore abusivamente, ca travagghia.... diciamu in neru... senza nessuna autorizzazioni.
Comu fussi nu pitturi di chiddi ca scarabbocchianu e ca si chiamanu naif!
E allura chi mi va incucchiannu?
Iu mai mi sbagghiu...
Comunquc!
Scrivisssi e nun mi interrumpissi.)

- Pronto sono don Filicinu!
Però cerchi di non offendermi.
Parli che la seguirò attentamente.

*(Prontu sugnu don Filicinu!
Però cercassi di non offenniri.
Vossia parrassi ca iu a segu pi filu e pi segnu.)*

- Nella storia che le racconto, glielo dico in anticipo onde evitare equivoci, donne, come già ebbi modo di accennarle, non ne compaiono nella scena, tantomeno siciliane.
Loro devono stare in casa e fare la calza.
Altrimenti, diciamolo chiaramente, finisce a bordello!
E la smetta poi, di dire e di scrivere che quelle sono eroine... coraggiose...!
Mi faccia il cazzo del piacere...
Soltanto noi uomini siamo quelli veri, d'onore.
Quando mai si è detto che una donna fa il capo dei capi?
E poi, nel nostro ambiente, dire certe cose equivale a bestemmiare!
Ma voscenza, invece, ci va scherzando sopra...
Non le deve dire più certe cose.
Se le tolga dalla testa certe idee.
Nella mia storia, soltanto uomini d'onore compaiono, quelli veri che lei neanche sa dove stanno di casa.
Siamo eccezionali perché noi non abbiamo timore nemmeno del diavolo in persona!
Lo vuol capire o no?
Di donne non ne deve accennare mai per nessun motivo.
Quando ci sono io, tutti quelli che mi leggono, devono sapere chi è, chi fu, don Filicinu, il sottoscritto, qui presente, in prima persona, vivo e vegeto, che le sta parlando davanti, seduta stante...
Le donne, negli avvenimenti di Cosa Nostra, non c'entrano e non ci sono mai entrate.
Lo vuole capire?
Sì o no?
Che tutto ciò sia chiarito in anteprima.
Loro, semmai, faranno la parte di figuranti, quelle che recitano un ruolo secondario.
Di semplice comparse.
Come glielo devo spiegare?

(Na storia ca ci cuntu io, ma ci u dicu in partenza a scanzu d'equivoci, fimmini ci u dissi già prima, nun ni cumparunu na scena. Tantumenu siciliane.

Iddi hana a stari a casa a fari a cosetta.

U so postu chistu è!

Manzinnò dicemulu chiaramenti.

A schifiu finisci.

A smittissi poi, di diri e di scriviri ca iddi sunu eroine... curaggiusi ..!

Mi facissu u cazzu du piaciri.

Suli nui homini semu chiddi veri, d'onuri.

Quannu mai s'ha dittu ca na fimmina fa u capu dei capi?

E poi nu nostru ambienti, diri certi cosi, equivali a pronunziari na bestemmia!

Chiffà, voscenza ci scherza?

Nun l'ha diri chiù!

Si livassi da testa certi idee.

Na me storia, solu homini cumparunu, chiddi veri ca mancu lei sapi unni stanu di casa.

Sunu eccezionali, pirchì nui, nun ni scantamu mancu du diavulu in persuna!

U voli capiri o no?

Di fimmini nun n'hava a parrari mancu pi chì.

Quannu ci sugnu iu, tutti chiddi ca mi leggiunu, hana sapiri cu è, e cu fu, don Filicinu, u sottoscrittu, quì presenti, in prima persona, vivu e vegetu, ca parra davanti a lei, seduta stante.

I fimmini, ni fatti di cosa nostra, nun ci trasunu e nun c'hanu mai trasutu.

U voli capiri!

Si o no?

Chistu sia chiaritu in anteprima.

I fimmini fanu, semmai, sulu a parti di figuranti, chiddi cha recitanu nu ruolu secondariu.

Di semplici cumparsa

Comu ci l'haiu a spiegari?)

- Sì! Va bene, ho capito, don Felice.
Adesso, andiamo avanti.

Non perdiamoci in preamboli inutili

- Come glielo devo far capire che quello che voscenza ha scritto negli altri suoi libri, mi spiace esporlo in modo crudo, ma non serve nemmeno a una minchia fritta?
Almeno per ciò che mi riguarda.
Poi, magari, per gli altri voscenza può essere pure un emerito scienziato…
Per me, glielo l'ho detto, che cosa mi rappresenta.
E glielo dimostro subito.

(Comu ci l'haiu a fari capiri ca chiddu ca voscenza ha scrittu nill'autri sò libbra, mi dispiaci diraccillu na facci, ma nun servi a na minchia fritta?
Armenu pi chiddu ca mi riguarda.
Poi pi l'autri, voscenza, po' essiri puri nu scenziatu.
Pi mia, ci u dissi, che cosa mi rappresenta.
E ci u dimostru subitu…!)

- Secondo lei, dovrei rinnegare quello che fino ad ora ho raccontato?
Se lo può togliere lei, dalla testa, don Filicinu.
Quello che è stato scritto oramai nessuno lo cancellerà.
Se non le piace non ne farò certo, una malattia!
Non m'importa nulla!

- Voscenza è libera di pensarla come vuole.
Le stavo chiarendo un'altra cosa.
Nel mio regno di persone che contano non ce ne sono donne, insomma.
Esiste solo un re con i suoi servitori.
Il re, in questo caso, sono solo io!
Glielo dico subito, in anteprima, ad evitare ulteriori equivoci.
Il Domineddio sono io.
Tutti gli altri sono semplici personaggi di secondo ordine, che fanno da corona alla mia emerita opera, trasfusa in questo mio travagliato territorio.

(Voscenza è libera di pinsalla comu voli.

Ci stava chiarennu un'autra cosa.

Nu me regnu, di pirsuni ca cuntanu, nun ci 'nnè reggini... fimmini, insumma.

Esisti sulu nu re chi so sirvituri.

U re, ni stu casu, sugnu sulu iu!

Ci u dicu subitu, in anteprima, a scansu di equivoci.

U dominiddiu sugnu sempri iu.

Tutti l'autri, sunu semplici personaggii di second'ordini, ca fanu corona all'opera emerita ca iu haiu cumminatu ni stu travagghiatu territoriu.)

- Mi complimento con lei don Filicinu.

Se è come dice...

Se come afferma lei, ha fatto molto per la società, allora mi levo tanto di cappello!

- Non scherzi con le cose serie!

La apra, professore esimio la finestra e si affacci.

Guardi bene e con attenzione.

Le vede quelle belle case, le strade e i tetti?

Le posso dire i nomi di chi vi abita dentro.

Uno per uno, perché in questo territorio nulla mi può sfuggire, neanche un fiato.

Forse lei non lo sa perché non mi conosce, ma le posso assicurare che in questo paese chi vuole tossire o pisciare deve prima chiedere il mio permesso.

Mi sono spiegato chiaramente?

Per quanto riguarda la presenza delle donne in questa mia storia, le posso concedere un'eccezione e sarebbe mia madre.

Lo sa che le mamme sono casi particolari.

Mi piange il cuore quanto nomino il suo nome e mi commuovo quando parlo di quella santa donna.

Tutte le altre donne, tranne mia moglie e la mia figliola innocente e ingenua, tutte puttane sono, dalla testa ai piedi.

Ma lei sta scrivendo oppure no quello che le sto dicendo?

Perché mi sta guardando in quel modo curioso?

Le sembro un pagliaccio, faccio ridere?
Non mi guardi così ed abbassi gli occhi per terra altrimenti piglio il coltellino e le faccio, seduta stante, barba e capelli.
Mi ha capito ciò che voglio dirle?

(Nun schirzassi chi cosi seri!
A rapissi, prefessuri esimiu a finestra e s'affacciassi.
Taliassi bonu…
I vidi ddi beddi casi, i strati e ddi tetti?
Ci pozzu diri i nomi di cu ci sta d'intra.
Unu pi unu, pirchì ni stu territorio, nenti mi po sfuggiri, mancu nu sciatu.
Forsi lei nu sapi pirchì nun mi canusci, ma ci pozzu chiariri ca ni stu paisi, cu hava a tussiri o hava a pisciari, prima hava a dumannari u pirmissi a mia, in persona.
Mi sono spiegato chiaramente?
A presenza di fimmini, ni sta storia mia, ci pozzu fari n'eccezione e fussi…. propriamenti a presenza di me matri.
U sapi che i mammi sunu casi particolari.
U cori mi chiangi sangu quannu muntìu u so nomi e mi commuovu quannu parru di chidda santa donna, mentri tutti l'autri fimmini, tranni, naturalmenti me muggheri e a me figghiuzza ingenua ed innucenti, tutti bottane sunu, da testa fino e pedi.
Ma chi fà, sta scivennu o no chiddu ca ci staiu dicennu?
Pirchì mi sta taliannu accussì curiusu?
Ci pari ca sugnu nu pagghiazzu ca fazzu ridiri?
Nun mi taliassi accussi e calassi st'occhi nterra se nò, pighiu u cutidduzzu e chi fazzu, seduta stanti, barba e capiddi.
Mi capìu chiddu ca ci vogliu diri?)

- Che?
Mi vuole minacciare?
Proprio in casa sua?
Non lo sa che l'ospite è sacro?
Si è arrabbiato all'improvviso?
Lei per caso è un tipo collerico?
Cosa crede….

Che stia tremando?
In fondo, molto in fondo, lo so, che lei non è una persona cattiva e
malvagia!
Ma io…

- Non c'è "io" che tenga!
Quando parla con me, caro professore, la sua faccia seria deve
essere, perché se le persone non sono per bene, non rivolgo
nemmeno la parola.
Quando parlo tutti devono tremare per lo spavento.
Lo sta capendo che tipo sono?
Si sta accorgendo che davanti a lei ha un calibro fuori misura e fuori
ordinanza?
…
Me lo dica, adesso, carissimo professore che cosa posso offrirle da
bere.
Ancora non le ho chiesto se gradisce qualche cosa!
Che le faccio portare?
Che cosa preferisce?
Parli e tutto ciò che comanda le darò!
Aspetti che intanto chiamo mia madre
È lei la donna di casa.
Mamma…!
Mamma!
Mammuzza bella del mio cuore…
Avvicina per favore.
Non vedi che ho un ospite?

(Nun c'è "iu" ca teni!
Quannu parra cu mia, caru prefessuri, a so facci, seria hava esseri,
pirchi si i pirsuni nun sunu seriusi, nun ci rivolgiu mancu menza
parola.
Quannu parru, tutti hana a trimari pu scantu.
U sta capennu chi tipu di boss sugnu?
Si sta accurgennu ca davanti a lei c'havi un calibru fori misura e fori
ordinanza?
….

Mi dicissi ora, beddu prefessuri, che cosa ci pozzu offriri da beri.
Ancora nun c'haiu dittu se si pigghia quarche cosa?
Chi ci pozzu dari?
Che cosa gradisci?
Parrassi... ca chiddu ca voli e cumanna ci dugnu!
Aspittassi ca chiamu a me matri.
Idda è a fimmina di casa.
Mamà..!
Mamà!
Mammuzza bedda du me cori...
Arricoghiti... pi favuri.
Unn'u vidi ca ch'haiu ospiti?)

- Che cosa c'è figliolo mio...
Che disgrazia è capitata che mi chiami in questo modo?
Perché mi disturbi?
Perché mi rompi le scatole quando sono occupata in cucina?
Ah... mi dispiace veramente...
Non avevo capito che avevi degli ospiti.

(Chi c'è figghiuzzu miu...
Chi malanova voi ca mi chiami accussi?
Pirchì m'inquieti?
Pirchì mi rumpi i catinazzi quannu sugnu occupata na cucina?
Ah... mi dispiaci veramenti...
Nun haviva caputu ca c'era un ospiti.)

- Certo!
Se non mi ascolti mai e per giunta quando ti parlo neanche mi dai retta...!
Ti sembra che scherzi?

(Certu!
Se tu nun m'ascuti mai e per giunta quannu ti parru mancu mi senti!
Ti pari ca babbiu?)

- Che colpa ne ho se ero indaffarata?

Stavo facendo i miei lavori in cucina e preparavo da mangiare per mezzogiorno.
In questa casa, se non penso io, lo so che non si mangia.
Del resto quella sfaccendata di tua moglie passa il tempo a spendere e sperperare.
Fa sempre grosse spese e butta i soldi da grande sprecona.
A me poi tocca fare sempre i lavori di casa!
Come se fossi una domestica, una cameriera.
Le gambe le dovresti rompere a quella vagabonda!
Così impara ad andare in giro.
Ha i piedi troppo lunghi e cammina assai.
Prende pure troppa aria.
Non ha, per nulla, pensieri per la casa.
Sono vecchia io!
Dovrei riposarmi ed invece mi tocca andare avanti ed indietro a tuo piacere.
Perché non prendi una cameriera così mi riposo?

(Chi curpa c'haiu si era incaffariata?
Stava arrabbattannu na cucina a priparari u mangiari pi menziornu!
Ni sta casa, si nun ci penzu iu, nun si mangia!
Vistu ca dda sbannuta di to muggheri, passa u so tempu a spenniri e spanniri!
A fari grossi spisi, insumma e ittari i sordi di bona manera.
A mia tocca, poi, fari i surbiza di casa!
Comu si fussi na criata, na cammarera.
I iammi c'havissiti a stuccari a chidda strataria!
Accussì si carma
È na pidota.
Havi i pedi longhi e camina troppu e puri assai aria si pigghia.
Nun n'havi pi nenti pinzeri di casa.
Sugnu veccia iu.
M'havissi a ripusari, inveci, mi tocca iri avanti e n'arrè a piacimentu tuo.
Pirchì nun ti pigghi na criata accussì m'arriposu?)

- Mamma! Vuoi fare le sceneggiate davanti alla persona qui presente?
Lo sai bene che gente estranea in casa non ne voglio vedere in giro.
Solo persone fidate desidero in casa mia.
Quelle che tengono la bocca chiusa come se l'avessero cucita.
Adesso finiamola con queste cazzate.
Non vedi che ho un ospite, l'illustrissimo professore, quello che vuole scrivere la mia storia?
E poi ricordatelo, quella mia mogliettina è come una bambina.
Le piace sempre stare fuori casa.
Vuole soltanto essere coccolata.
La colpa è mia che la vizio.
Secondo te dovrei impedirle di respirare?
Professore… le presento la santa donna di mia madre Crocina

(Mamà … chi vo fari i sceneggiati davanti a genti cà presenti?
U sai ca pirsuni strani, servi, ni sta casa, nun n'hana a circulari.
Sulu genti fidata vogghiu cu mia!
Chidda ca teni a vucca chiusa comu si l'avissiru cusuta.
Ora finemula cu sti cazzati.
Nu vidi ca c'haiu ospiti, l'illustrissimu prefessuri, chiddu ca voli scriviri a me storia?
E poi, ricordatillu, dda mugghiruzza mia è comu na picciridda.
Ci piaci sempri stari fora.
Chidda voli essiri coccolata.
A curpa è mia ca l'ammizzigghiu.
Chiffà, c'haiu a impidiri puri di rispirari?
Prefessuri … ci presentu a santa donna di me matri, donna Crocina!)

- Piacere signora!
Sono onorato.
Veramente, con l'occasione, volevo precisare che non sono stato io a presentarmi qui, di mia volontà!
Lei, don Filicinu, mi ha fatto prelevare dal suo autista, con la scusa che voleva parlarmi di alcune cose…
Ho risposto al suo incaricato che non mi andava l'invito e che avevo degli impegni.

Quando mi ha fatto il segnale che sotto la giacca teneva quella specie di pistola, mi sono reso conto di non avere scelta.

Diciamolo che sono qui per sua volontà e non certo per mio desiderio.

- Come la fa lunga...!
Questi particolari sono perfettamente insignificanti.
Minchiate sono!
Che sia stato io
Oppure lei
O l'autista di mia fiducia, quel bravo ragazzo di Pasqualinu...
Queste cose che dice, sono delle precisazioni che hanno il valore di una emerita minchia!
Quisquilie mi sembrano.
Ciò che conta è che lei ora è con me!
Perché?
Si è forse offeso se l'ho fatta venire qua?
Le dispiace se le ho fatto fare una passeggiata sino a casa mia?
Non gradisce la mia presenza o per caso le faccio schifo?
Me lo dica in faccia se la mia ospitalità non l'apprezza.
Se vuole è padrone di andarsene.
Non la voglio trattenere contro la sua volonta.
La vede caro professore... la porta è quella ... e se le fa piacere la posso pure salutare.

(Comu a fa longa...!
Sti particolari sunu perfettamenti insignificanti.
Minchiati.
Ca fui iu...
Oppuri... lei...
O l'autista miu di fiducia, ddu bravu carusu di Pasqualinu...
Tutti chisti cosi sunu precisazioni ca hanu valuri di na minchia emerita.
Quisquiglie mi paruni!
A cosa chiù importante e ca lei è cu mia.
Pirchì?
Si nichiò se l'haiu fattu viniri cà?

S'offisi si ci fici fari na passiata finu a me casa?
Nun gradisci a me presenza?
Ci fazzu schifu pi casu?
Mu dicissi davanti l'occi.
A me ospitalità nu la gradisci?
Si voli è patruni di irisinni.
Na vogghiu teniri a me casa contru a so volontà.
Vidisssi, caru prefessuri, a porta è chidda e si voli a pozzu puri salutari.)

- Oramai sono qui.
Un noto proverbio dice: "giornata rotta rompila tutta".

(Ormai, sugnu cà …
Iurnata rutta, dici u proverbio, rumpala tutta.)

[interviene la mamma di quel boss, donna Crocina.]

- Maria Santissima…
Che emozione!
Mi tremano tutte le gambe
Per davvero?
Lei professore sa fare queste cose, cioè scrivere i libri che poi gli altri leggono?
E dire che non so comprendereli, altrimenti mi sarebbe piaciuto vedere scritta la storia del mio amato figlio, il mio bel ragazzo, l'amore di sua madre.
Questo lei lo deve sapere: nonostante abbia i capelli bianchi, il mio figliolo, per me è il piccolo del mio cuore.
Il mio respiro.
Lo guardi quant'è bello...!
Ha il viso di un innocente.
È pure troppo ingenuo per questo mestiere.
Gliel'ho sempre detto
"Devi stare attento, altrimenti ti fottono…
Devi saperti guardare da tutti i lati."

Lo guardi bene che come lui pochi ne esistono in questo mondo disgraziato, anche se quei cornuti dei suoi compari lo vogliono vedere sanguinare, insomma morto.

(Beddamatri Santissima
Chi emozioni!
Mi tremuni i iammi – intervenne la mamma di quel boss, donna Crocina.
Pi daveru?
Lei, prefessuri, sapi fari sti cosi, di scriviri i libbra ca poi l'autri leggiunu?
E diri ca iu sugnu analfabeta, manzinnò m'avissi piaciutu vidiri scritta a storia du me figghiuzzu Filicinu, u beddu mio, l'amuruzzu di so mà.
Chistu, lei l'hava a sapiri: cu tuttu ca iddu c'havi i capiddi ianchi, me figghiu, è sempri u picciriddu du me cori!
U me sciatuzzu.
U taliassi quant'è beddu !
C'havi a facci di 'nnuccintuzzu.
È troppu ingenuo pi fari stu miseri.
Ci l'haiu dittu sempri.
Ha stari attentu ca ti futtunu...
T'ha sapiri taliari di davanti e di d'arrè...
U talissi beni ca comu a iddu, pochi ci ni sunu ni stu munnu disgraziatu, macari ca ddi curnuti di so cumpari u vonu vidiri ittari sangu, insumma, mortu.)

- Adesso mamà che vuoi raccontare i cazzi nostri al professore?
Vuoi stare zitta?
Che t'impicci degli affari degli uomini?
Vattene a cucinare e smettila di dare comandi a destra e a manca.
La vuoi finire o no?
Mi consideri ancora come un bambino?
Come te lo devo dire che davanti alle persone estranee, queste smancerie di minchia, sulla mia persona, devono finire.
E poi... Io non sono il ragazzino tuo.
Sono un uomo e perfino d'onore e di potere.
Basta dire questo per comprendere tutto.

(Chi fai mà?
Ora ci vo cuntari i cazzi nostri o prefessuri?
Ti vo stari muta?
Chi t'impicci di cosi di masculi?
Vattinni a cucinari e smettila di dari cumanni e destra e manca.
A vo finiri o no?
Mi cunsideri ancora picciriddu?
Comu ti l'haiu a diri ca davanti a genti, sti smanceri di minchia supra
a me pirsuna hana finiri.
Iu nun sugnu u caruseddu tò.
Sugnu n'homu e perfinu d'anuri e di puteri.
Basta diri chissu pi capiri tuttu.)

- Sì, va bene...
Faccio come dici tu, ma resti sempre il piccolino del mio cuore.
Il mio respiro!
Tutti lo devono sapere.
Il figlio mio bello sei!
Professore illustre che cosa le posso portare?
Che cosa gradisce insomma?
Ciò che desidera lei...
Un vermut, un bicchiere di marsala, un liquorino, uno di rosolio fatto
con le mie mani?

(Sì va beh...
Fazzu comu dici tu ma resti sempri u picciridduzzu du me cori.
U sciautuzzu mu!
Tutti l'hana a sapiri
U figghiuzzu miu beddu sì!
Prefessuri illustri mi dicissi chi ci pozzu purtari?
Che cosa gradisci insumma?
Chiddu ca voli lei...
Nu vermuth, nu bicchieri di marsala, nu liquorinu, nu bicchieri di
rosoliu fattu chi me manu?)

- Smettila mamma di dire certe stupidaggini!
Credi d'essere ai tempi di cinquanta anni fa?

Al professore devi offrire un caffè, un grappino... magari la vodka che mi ha portato l'amico mio, al suo ritorno dalla Russia.
Proprio in quel posto ci stiamo facendo conoscere e tutti ci apprezzano per i nostri lavori ad alto livello.
Deve sapere, caro professore, che siamo stimati in quel mondo, per noi nuovo di conquista e controlliamo una bella fetta di territorio.
Insomma, ci stiamo facendo una buona fama.
Tra la cosca russa e quella siciliana abbiamo fatto un'importante intesa.
Chi si mette dalla mia parte ci guadagna sempre!
Noialtri, gli strumenti li facciamo suonare per bene oppure obblighiamo le persone a ballare senza musica.
Quando entriamo in campo, tutti si devono inchinare.
Con mezza parola, otteniamo quello che vogliamo.
Quando dobbiamo sbrigare qualche affare, operiamo in segreto assoluto.
Siamo così discreti che sembriamo chirurghi dalla mano di velluto e pesiamo quanto una piuma di gallina.
Agiamo in modo così raffinato che quando capita qualche ammazzatina, neanche sembra, per come è ben fatta, con dovizia di particolari.
Neanche i più bravi artisti dei famosi delitti sono in grado di agire con tale perfezione come la mia organizzazione, quella chiamata "u paraccu"!
Mi dica una cosa lei professore,
lo sa o no, cos'è "u paraccu"?
Non mi faccia credere che è ignorante in questo settore!

(Mamà... smetila di diri certi scimpiagini!
Ti pari ca semu comu cinquant'anni annarrè?
O prefessuri c'ha offriri, nu cafè, nu grappinu, chi sacciu ... macari na vodka, chidda ca mi purtò l'amicu mio ca turnò l'autru ieri da Russia.
Dda, sì, ca ni stamu facennu canusciri e tutti n'apprezzunu pi travagghi ad altu livellu ca facemu a regula d'arti.
Hava a sapiri, caru prefessuri, che semu apprezzati ni ddu munnu, pi nui novu di conquista e cuntrullamu puri na bedda parti di terrioriu.
Ni stamu facennu na bona fama.

Tra a cosca russa e chidda siciliana, ficimu na bedda, impurtanti intesa.
Cu si metti cu mia, ca me banda, ci guadagna!
Nuatri, i nostri strumenti, boni i facemu sunari e facemu ballari a genti puri senza musica
Quannu trasemu in campu tutti si caluni i causi.
E cu menza parola, ottenemu chiddu ca vulemu
Quannu facemu u nostu misteri operamu in segretu e ammucciuni.
Semu accussì discreti ca paremu i chirughi ca manu di villutu e pisamu quantu na piuma di gaddina.
Agemu e semu accussì raffinati ca quannu succedi quarchi ammazzatina, mancu pari di quant'è fatta beni e cu dovizia di particolari.
Mancu i chiù bravi artisti di delitti, sunu in gradu di fari cosi a perfezioni comu a me organizzazioni, chidda chiamata du paraccu.
Mi dicissi na cosa, lei prefessuri, u sapi o no, chi cos'è u paraccu?
Nun mi facissi cridiri ca è ignoranti ni stu sittori)

- U paraccu?
Ma certo, vuole forse dire l'ombrello?
Questa è la parola "equivalente" in italiano.
Ombrello!
È l'ombrello... quello che ci ripara dalla pioggia...
Io solo questo conosco per "paraccu".

- Mamma...!
Lo senti quant'è ingenuo il nostro professore?
Mi viene pure da ridere.
Non è che con questo voglio dire che fa la figura di un minchione.
Per carità!
Non voglio dire questo, altrimenti crede che voglia offenderla!
Se non conosce la terminologia di Cosa Nostra, mi domando e dico, come fa lei a mettersi in questi inghippi e trattare argomenti che non sa neanche dove abitano di casa?
"U paraccu", caro professore, è una parola indicativa e qualificativa del nostro settore.

Come dite voi... alle... allegorica... cioè ha un significato che equivale al concetto di "riparo..."

(Mamà...!
U senti tu quant'è ingenuu u prefessureddu?
Mi veni puri d'arridiri.
Non è ca ci vogghiu diri ca fa a figura di nu minchiuni.
Pi carità!
Nun vogghiu diri chistu se nò si cridi ca l'offennu.
Se nun canusci a terminologia di cosa nostra, mi dumannu e dicu, comu fa lei a mittirisi ni sti lazza e trattari argumenti ca mancu sapi unni stanu di casa?
U paraccu, caru prefessuri, è na parola significativa e qualificativa nu nostru settori.
Comu diciti vuautri, aller... allegorica.... cioè a diri, havi nu significato ca equivali o concettu di "riparu...")

[interviene il professore sorridendo]

- Lo vede, don Felicinu, che ho ragione io...
Appunto l'ombrello che ripara proprio dalla pioggia...

- Professore...
Gliel'ho detto.
Lei sarà bravo... ma a scuola!
Non lo metto in dubbio.
Nel nostro settore, le posso assicurare, lei è veramente un disastro.
È di una minchia veramente sconfinata e sconvolgente.
Si stia zitto.
Ci farà buona figura.
Du "paraccu"... glielo do io il significato!
È la nostra organizzazione.
Chi si mette con noi, sta riparato e accomunato da regole della nostra cosca.
Come glielo devo spiegare?
Che mi devo mettere a fare una lezione a lei?
Lo sa che significato ha la parola "cosca"?

Immagino di sì.

Se non la conosce, vuol dire che sebbene è un professore, mi rifiuto di parlare con lei.

Minchia... che persona è!

È proprio duro di testa!

La cosca è quella che comando io.

È propriamente la mia organizzazione, quella che certe persone definiscono criminale.

Che invece tale non è, perchè fa luce nel mondo, come il faro nel mare...

Che poi, perché la chiamano criminale... non lo capisco proprio.

Piuttosto, a noi mafiosi, ci devono definire benefattori.

Questo sì.

L'accetto.

Che facciamo di male e di strano in questa società?

Ci devono dire grazie le persone, perché portiamo lavoro ai giovani e ricchezza nelle famiglie.

Sistemiamo, sicuramente a modo nostro, certe partite tra delinquenti e bande rivali.

Non siamo, secondo lei, utili alla società in questo modo?

Quando ci siamo noi, tutti stanno quieti e se non ci disturbano, noi non molestiamo nessuno.

Questa, secondo lei, non è buona educazione?

Non è una bella e sacrosanta regola di vita?

(Prefessù..?

Ci u dissi.

Lei sarà puri bravum ma a scola.

Nu mettu in dubbiu!

Ma nu settori nostru lei è veramenti na frana.

È di na minchia veramenti scumminata e sconvorgenti.

Si stassi mutu ca ci fa chiù cumparsa!

U paraccu ci l'imparu iu!

È a nostra organizzazioni!

Cu si metti cu nui sta riparatu e accomunatu da regola da nostra cosca.

Comu ci l'haiu a diri?

Chi m'haiu a mettri a fari scola a lei?
U sapi ora che significatu havi a parola "cosca"?
Immaginu di sì.
Si na canusci, vordiri ca cu tuttu ca è prefessuri mi rifiutu di parrari cu lei.
Minchia…!
Chi cristianu è!
È propriu duru di testa!
A cosca è puramenti… chidda ca cumannu iu.
È a me organizzazioni ca certuni diciunu malamenti criminali…
Ma quali criminali!
Inveci fa luci nu munnu comun u faru nu mari.
Ca poi, pirchì a chiamanu criminali… nun lu capisciu proprio.
Chittostu, a nui mafiosi, n'havissiru a chiamari benefattori!
Chistu sì!
L'accettu.
Chi facemu di mali e di stranu ni sta società?
N'hana a diri grazie a genti pirchì purtamu travagghiu e picciotti e ricchizza ne famigghi.
Sistimamu sicuramenti, a modu nostru, certi partiti tra delinquenti e banni rivali.
Nun semu, secunnu lei, utili a società, ni stu modu?
Quannu ci semu nui, tutti stranu quieti e se nun ni disturbunu nui nun distubamu a nuddu.
Chista non è bona educazione?
Nun è na bella, sacro-santa regola di vita?)

- Se devo dirle la verità, non sono d'accordo.
Se fosse come lei dice, mi dica perché siete un'organizzazione segreta e operate di nascosto?
Fate azioni da criminali.
Delitti e uccisioni.
Portate morte, distruzione, droga, contrabbando e quant'altro si possa classificare come vietato dalla legge!

- Madonna mia… professore mio… quanti paroloni le sono usciti dalla bocca tutti assieme!

E poi quante domande fa!

Si vede che è proprio ingenuo!

Ha scoperto l'America!

Anzi, professore carissmo, ci deve ammirare perché facciamo ogni cosa con la dovuta discrezione, senza sceneggiate plateali e non come se fossimo in un teatro.

Raramente facciamo chiasso.

Soltanto per necessità qualche volta, per dare semplicemente segnale a qualcuno che anche noi esistiamo.

Per il resto, discreti, delicati e silenziosi siamo!

Educati, rispettosi, ossequiosi al massimo grado.

Deve immaginare che se ci fanno qualche torto, noi non reagiamo e non aggrediamo nessuno.

Se ci danno uno schiaffo, porgiamo anche l'altra guancia, sul momento...

Siamo buoni cristiani...

Tolleranti e prudenti...

Addirittura, certe volte ci ridiamo sopra, come nulla fosse.

Invece di sprecare le parole, facciamo parlare... dopo... ma proprio molto tempo dopo, la carabina, o meglio la lupara...

Certamente ci tocca fare così!

Non siamo di sicuro santi!

Qualche reazione dobbiamo pur averla.

Secondo lei dobbiamo fare i minchioni?

È umano il nostro modo di agire.

Non siamo pure noi uomini con il sangue che ci scorre nelle vene?

Oppure le sembriamo dei quaquaraquà?

Nella maggior parte dei casi, facciamo quello che dobbiamo, in perfetto silenzio.

Deve immaginarsi che, per certe persone cattive, prepariamo una morte studiata, non decisa per caso o frutto dell'irascibilità momentanea...

E poi così silenziosa, da non disturbare nessuno dei nostri bravi paesani, neanche il becchino.

Certe volte neanche i familiari coinvolgiamo per portare i traditori al camposanto.

Tutto noi facciamo.

A nostre spese.

Le sembra cosa da niente questa?

Ci rimettiamo le spese, con i rischi annessi e connessi.

Lo facciamo, quando il caso lo esige, nel cimitero, per farli stare meglio cautelati.

Certe volte, siamo costretti a lasciarli dove capita, per questione di tempo.

È giusto che i nostri amici che fanno questo lavoro si cautelino ritornando a casa come se nulla fosse.

Questo, naturalmente, solo in circostanze estreme.

Solamente per necessità, diciamo, del caso …

Ci mancherebbe che i nostri soldati d'onore debbano rimetterci la dignità personale e compromettere perfino le famiglie!

Non sia mai detto!

Quando l'opportunità l'esige, preleviamo i soldi dalla nostra comunità per sostenere la famiglia di quel povero picciotto che può capitare cada ammazzato col sacrificio personale.

Lo vede quanto siamo sensibili?

Le scriva queste cose.

Ho l'impressione che nessuno le sa.

Mi fanno commuovere.

Tutti devono conoscere quanto galantuomini siamo, soprattutto di parola e di memoria.

Nulla scordiamo e siamo peggiori degli elefanti.

Dove la trova lei la gente come noi?

Sensibilissima, solidale, con le regole di ferro e rigide…?

Sicuramente siamo meglio delle leggi di questo Stato dove, oggi, i delinquenti entrano ed escono dal carcere e poi, dopo poco tempo, per un motivo o per un altro, tornano definitivamente liberi.

Che regole di minchia sono?

Che serietà del cazzo è la vostra?

Noi, invece, tiriamo dritto nei nostri affari e non ci facciamo fottere da nessuno.

E un'altra cosa importante da dire è che cerchiamo di non affollare le carceri italiane per nessun motivo.

Lo vede caro professore?

Anche a questo pensiamo.

Lo scriva...

Scriva tutte queste cose che le sto confidando, eccezionalmente, adesso, prima che me ne penta...

Al solo raccontarle, mi fanno emozionare, per la sensibilità che alberga nei nostri cuori.

Mi viene pure la pelle d'oca.

E se ci chiamano mafiosi o uomini d'onore

Che vuol dire?

Chi è, in questo mondo, che non ha un appellativo?

E poi, non abbiamo pure noi un'anima, una sensibilità, una dignità?

Non l'abbiamo pure noi il diritto d'avere, come voi, "l'onore"?

Che è, forse, una vostra prerogativa?

Noi, siamo i veri "uomini d'onore".

(Bedda Matri prefesuri miu... quanti paroloni asdirrubbò tutta na vota...!

E poi quanti dumanni fa!

Si vidi ca è propriu ingenuo!

Scupriu a Merica!

Anzi, prufissuruzzu beddu, n'hava ammirari ca facemu i cosi cu discrezioni, senza sceneggiati plateali e non comu si fussimu nu tiatru.

Raramenti facemu u bottu.

Sulu pi necessità e pi dari signali a quarchedunu ca esistemu puri nui.

E poi sempri discreti, delicati e silinziusi semu!

Educati, rispettosi, ossequiosi al massimo.

Hava a immaginari ca si ni fanu quarche tortu, nui nun reagemu e non aggredemu a nuddu.

Se ni dunanu nu schiaffu nui purgemu puri l'autra facccia...

Momentaneamente...!

U vidi?

Semu boni cristiani.

Tolleranti e prudenti ...

Chiù cristiani d'accussì?

L'autra faccia... pruiemu.

Anzi, certi voti, ci ridemu supra, comu nenti

Patri, Patrinu e Patruni

Inveci di sprecari i paroli facemu parrari... dopo... appoi... a carabina o megghiu a lupara.

Certamenti ca hama fari ni sta manera!

Chi semu santi propriamenti?

Quarchi reazioni l'hama aviri!

Secunnu lei hama a fari a fiura di minchiuni?

È umanu stu nostru modu d'agiri.

Nun semu puri nui homini ca ni scurri u sangu ni vini?

Oppuri ci pari ca semu Quaquaraquà?

Na maggior parti dei casi, facemu chiddu ca hama a fari, sempri in perfettu silenziu.

S'hava a immaginari ca a certi cristiani tinti, vilinusi, dannifici e traditturi, ci damu na morti studiata, non dicisa pi casu, cioè casuali, fruttu dall'irascibilità mumintanea.

E poi a facemu accussì silenziosa, ca nun damu disturbu a nuddu di chiddi beddi paisani nostri... mancu o becchinu.

Certi voti, mancu e familiari importunamu pi purtari i traditturi o campusantu.

Tuttu nui facemu!

A nostri spisi.

Ci pari nenti chissu?

Ci rimittemu di tasca nostra cu tutti i rischi annessi e connessi.

I mittemu, quannu è u casu, nu cimentu, pi falli stari megghiu cautelati.

Certi voti, semu custretti a lassalli unni capita pirchè è giustu ca chiddi nostri amici ca fanu stu surbizu si cautelanu e si ni tornunu a casa, comu nenti fussi.

Ma chistu, sulu in casi eccezionalmente estremi.

Sulamenti pi necessità, diciamo, del caso ...

Ci mancassi ca ddi nostri surdateddi d'onuri c'hana a rimettiri a dignità personali e compromettteri perfinu i famigghi?

Nun sia dittu mai!

Quannu è u casu, pigghiamu i sordi da nostra comunità, pi dari a campari a famigghia di ddu poviru nostru picciutteddu ca po' capitari ca cadi ammazzato cu sacrificiu personali.

U vidi quantu semu sensibili?

I scrivissi sti cosi.

Ca nuddu i sapi.

Mi fanu commuoviri.

Tutti hana a sapiri quantu semu galantuomini e soprattuttu, di parola e di memoria.

Nenti ni scurdamu e semu peggiu dill'elefanti.

Unni a trova a genti comu a nui?

Sensibilissima, solidale e chi regoli di ferru e rigidi.

Di certu, sunu megghiu di sti liggi di stu Statu italiano unni oggi, i delinquenti trasunu nu carciri e poi, dopo pocu tempu, pi nu motivo o pi n'autru, nesciunu liberi.

Chi reguli di minchia sunu?

Chi serietà di stu cazzu è a vostra?

Nui inveci, tiramu drittu ni notri affari e nun ni facemu futtiri di nuddu.

E na cosa importanti di diri è ca circamu di nun affuddari possibilmenti i carciri italiani.

Vidissi caru prefessuri?

Puri a chistu pinzamu.

Scrivissi...

Scrivissi tutti sti confessioni ca ci staiu facennu, eccezionalmente cà, prima ca mi ni pentu!

A sulu cuntalli, mi fanu emozionari di quanta sensibilità ci sta ne nostri cori.

M'arrizzunu puri i carni!

E si ni chiamanu mafiosi o omini d'onuri!

Chi vordiri?

Cu è ni stu munnu ca nun havi un appellativu?

E poi, nun l'avemu puri nui n'anima, na sensibilità, na dignità?

Nun l'avemu puri nui u dirittu d'aviri, comu a vuautri, "l'onore".

Che è forsi na vostra prerogativa?

Sissignora...

Nui, semu i "veri" homini d'onori.)

- Don Filicinu, vossia può dire tutto quello che vuole ma io non ragiono come lei.

Non condivido assolutamente quello che dice.

Il suo modo di pensare è fuori dalle normali regole civili.

- Certo che non può condividerlo!

Se non ha capito nulla?

Ho l'impressione che in queste cose non ha la chiara idea di 'na minchia.

La vedo troppo confusa.

Si deve persuadere di fronte all'evidenza!

Stavo scordando di dirle che quando ammazziamo qualche disgraziato infame, gli mandiamo perfino una corona di bei fiori.

Una bella e profumata.

E ci sistemiamo anche in prima linea per accompagnarlo nell'ultima dimora e per dimostrare che quello che abbiamo fatto non successe per cattiveria, ma per necessità.

Del resto queste cose si capiscono...

Non occorre tanta intelligenza, caro professore...

(Certu ca non ni può condividere!

Si nun ha caputu nenti?

Haiu l'impressioni ca ni sti cosi nostri nun n'havi na chiara idea di na minchia.

U vidu troppu cunfusu!

S'hava a persuadiri davanti l'evidenza!

Mi stava scurdannu a dirici ca quannu ci damu a morti a quarchi disgraziatu infami, ci mannamu, perfinu na curuna di beddi sciuri.

Una sciurusa e ni mittemu puri in prima linea pi accumpagnallu all'urtima dinora e pi dimustrari ca chiddu ca ficimu, nun fu pi cattiveria, ma pi necessità.

Si capisciunu sti cosi...

Non ci voli tanta intelligenza caru prefessuri...)

- Questo lo dice lei, don Filicinu!

Le sue leggi non fanno parte del mio mondo.

- Certamente che è così come dico io!

Altrimenti perché l'ho mandata a chiamare?

Per convincerla della rettitudine e della correttezza della nostra organizzazione!

Per farle capire la nostra mentalità.

La dovete smettere di considerarci criminali...
Quali criminali?
Chi sono questi criminali?
E se vuole sarò pure più schietto caro professore.
Glielo dico subito.
Con tutto rispetto, a lei che è un emerito professore, non la prenderei mai come uno della "famiglia".
Mi pare troppo smidollato.
Noi cerchiamo gente fatta tutta d'un pezzo e pronta a buttarsi anche dalla cima di una montagna, se lo ordiniamo.

(Certamente, inveci ca è accussi comu dicu iu!
Se nò pirchì u mannai a chiamari?
Pi cunvincillu da rettitudini e da correttezza da nostra organizzazioni!
Pi farici capiri com'è a nostra mentalità.
L'haviti a finiri di considerarci criminali.
Chi criminali?
Cu sunu sti criminali...?
E si voli ca sugnu ancora chiù schiettu, caru prefessuri, ci u dicu subitu,
Iu, a voscenza, cu tuttu rispettu ca è un'emeritu prefessuri, nun mu pigghiassi mai comu unu da me "famiglia".
Mi pari truppo smidullateddu.
Nui circamu genti fatta tutta d'un pezzu e pronta a ittarisi puru da punta da muntagna sulu se ci veni ordinatu.)

- La ringrazio don Filicinu!
E ricambio il complimento.
Neanche a me piacerebbe.
Solo in questo la pensiamo alla stessa maniera.
Ma vada avanti col la sua esposizione, perché si sta facendo tardi e non vorrei lasciare in sospeso le mie faccende.

- Mamma lo sai cosa ti dico?
Mentre io racconto la mia storia, porta il liquore che il professore gradisce.

Stai attenta... e controlla pure se quella buona donna di mia moglie, nel frattempo si è ritirata.

Ogni volta che ritarda mi fa incazzare forte.

Con questi tempi terribili...

Mannaggia...!

In questo mondo disgraziato e ladro c'è sempre chi ti vuole bene e chi ti vuole male.

Con questo mestiere che faccio la gente mi vuole sempre male.

Chissà perché?

Quella disgraziata di mia moglie non capisco perché non si vuole convincere che è pericoloso stare in giro liberamente, anche se è accompagnata dai miei scagnozzi.

Non lo vuole proprio capire.

E poi... le voglio dire un'altra cosa professore mio!

Seria veramente... come solo io so parlare.

A me "santo" mi dovrebbero fare.

Se non ci fossi io in questo territorio la ricchezza chi dovrebbe portarla?

Me lo dica lei.

Il lavoro ai giovani chi dovrebbe darglielo?

I soldi che faccio circolare neanche se lo può immaginare!

Tutto questo, per lei, non conta?

Se non ci pensassi io, col cazzo che arriverebbero i soldi in questo paese di merda!

E poi, le sembrano pochi i capitali che investo, comprando terreni, palazzi e negozi?

Do da mangiare a mezzo paese.

Ad appaltatori, ai muratori, ai manovali in genere...

Sapesse quante persone girano attorno alla mia organizzazione che non ne ha la minima idea.

Secondo lei...

Vogliamo distruggere... così, per piacere e per soverchieria, questa bella e solida organizzazione di Cosa Nostra che dà da mangiare a migliaia di persone?

Sotto il mio comando, c'è un esercito di lavoratori che aspetta che dia lo stipendio.

Chi lo dovrebbe fare se non io?

Mi risponda adesso se ha coraggio!
A nessuno lo faccio mancare il lavoro al prezzo che stabilisco io.
Ovvio.
Ci mancherebbe altro che pagando, non dovessi decidere le regole!
Che le sembra?
Che sia minchione fino a questo punto?
Non faccio beneficenza a chicchessia, anche se da un certo punto di vista potrei essere considerato un galantuomo e un buon cristiano.
Esemplare...
Esemplarissimo.

(Mamà u sai chi ti dicu, mentri iu ci cuntu a me storia, portaci u liquori ca u prefessuri gradisci.
Statti accura... e vidi, poi, si dda sdisonurata di me muggheri, nu frattempo si ritirò.
Chidda, ogni vota ca ritarda, mi fa 'ncazzari di bonu.
Cu sti tempi ca currunu...
Mannaggia...!
Ni stu munnu disgraziatu e latru...!
C'è cu ti voli benin e cu ti voli mali.
E cu misteri ca fazzu, a genti, mi voli sempri mali.
Chissà pirchì...?
Chidda disgraziata di me muggheri, nun capisciu pirchì, nun si voli convinciri ca è piriculusu stari in giru liberamenti, macari ca è accompagnata de me scagnozzi.
Nun lu voli propriu capiri.
Ci vogghiu diri n'autra cosa prefessureddu miu!
Seria veramenti... comu sulu iu sacciu parrari.
A mia, propriu santu, m'havissiru a fari.
Si nun ci fussi iu, ni stu territorio, a ricchezza cu l'havissi a purtari?
Mu dicissi lei.
I travagghi e picciotti cu ci l'havissi a dari?
I suli sordi ca fazzu girari mancu si l'immagina?
Chisti nun cuntanu?
Si nu ci pinzassi iu, ca minchia, c'arrivassuru i dinari ni stu paisi di merda!
E poi ci pari nenti?

I capitali, iu l'investu, accattannu tirreni, palazzi e negozi.
Dugnu a mangiari a menzu paisi.
Ad appartaturi, muratuti e manuvali in generi ...
Sapissi quanti pirsuni giranu attornu a me organizzazioni ca mancu c'havi na minima idea.
Chiffà?
Vulemu distruggiri accussì, pi piaciri e pi soverchieria sta bedda, solida, nostra organizzazioni di Cosa Nostra ca duna a mangiari a migghiara di pirsuni?
Sutta di mia, ci sta n'esercitu di genti ca aspetta ca ci dugnu a mensilità.
Cu l'havissi a proiri se non iu?
Mi rispunnissi si havi curaggiu!
Ed iu a nuddu u fazzu mancari u travagghieddu, o prezzu naturalmente ca stabilisciu iu.
Ci mancassi aiutru ca iu pagu e nun havissi a decidiri i reguli!
Chi ci ni pari?
Ca sugnu minchiunu finu a stu puntu!
Iu nun fazzu beneficienza a chicchessia anche se, da un certu puntu di vista, putissi esseri considerato un galantuomo e un buon cristianu.
Esemplare....
Esemplarissimo.)

- Le faccio presente, don Felice, che la sua è un'attività vietata e perseguita dalle forze dell'ordine.
Lo ha detto lei che è "mafia" bella e buona!

- Vietata...?
Vietata!
Sempri paroloni usa.
Mi vuole fare intimorire?
Vietata... una minchia.
Mi deve far incazzare di buona maniera?
Quanta ce n'è, di gente, in questo mondo che svolge una certa attività che non dovrebbe fare?
Eppure la fa; esiste, convive tranquillamente e pacificamente.

La verità è che nessuno parla ma tutti fottono.
Per caso non è forse vero quello che dico?
Abbia adesso il coraggio di contraddirmi.
E allora?
E ammesso che la mia attività non sia vista di buon occhio?
Vuol dire che la mettiamo assieme a tutte le altre esistenti nel territorio e non ne parliamo più per amore della pace.
E poi, mi dica un po', perché i miei amici, i tanti politici, onorevoli regionali e nazionali, secondo lei, mi fanno la corte e mi stanno dietro?
Mi chiamano, mi cercano, mi vogliono...
Domandano voti... favori...
Mi chiedono anche di trovare un buon lavoro per i loro parenti.
Me la dica lei una cosa, giacché afferma d'essere istruito.
Se fossi così vietata la mia attività, perché tutti questi gran signori che rappresentano lo Stato, la legge e che hanno l'immagine dell'onestà in persona si rivolgono proprio a me?
Se ne stia zitto per favore!
La finisca di fare la morale proprio a me.

(Vietata ...!
Vietata!
Chi paroli grossi ca usa.
Chi mi voli fari scantari?
Vietata di sta minchia.
Mi voli fari incazzari di bona manera?
Quanta ci n'è, ni stu paisi, di genti, nu munnu interu, ca svolgi n'attività ca non s'havissi a fari!
Eppuri a fanu e campanu tranquillamenti.
Nuddu parra ma tutti futtunu.
Pi casu nun è veru chiddu ca dicu?
Havissi u curaggiu di contrariarimi!
E allura?
E macari ca fussi propriamente accussì?
Vordiri ca a mia attività a mittemu assemi a tutti l'autri esistenti nu territoriu e non ni parramu chiù.

E poi, mi spiegassi pirchì i me amici, i tanti politici, onorevoli regionali e nazionali, secunnu lei, mi fanu a corti e mi stanu d'arrè?
Mi chiamanu, mi cercanu, mi vonu…
Dumannanu voti…
Favuri…
Puri vonu ca ci trovu nu travagghiu importanti pi so parenti.
Mi dicissi, voscenza, na cosa, vistu ca dici d'essiri istruitu.
Se fussi accussi illecita a me attività, rispunnissi a me dumanna: pirchì tutti chisti gran signori ca rappresentanu u Statu, a liggi, ca hanu l'immagini dill'onestà in persona si rivolgiunu a mia?
E allura?
Si stassi mutu pi favuri!
A finissi di fari a murali propriu a mia.)

- Non parliamo di morale, perché il concetto che ha lei non è quello comune.

- Le voglio aggiungere un'altra cosa, carissimo professore mio.
Per conto mio, mi sento un salvatore della patria, un benemerito.
Il presidente della Repubblica in persona, dovrebbe conferirmi le onorificenze di Cavaliere, Commendatore e Grande Ufficiale.
Ma in fin de conti anche se non me le dà, minchiate sono queste cose…
Che me ne faccio di questi titoli?
Sono solo pezzi di carta… ed io con la carta, caro professore mio…
Lo sa che cosa faccio…?

(Ma ci vogghiu aggiungeri n'autra cosa carissimu prufessureddu.
Iu, pi cuntu mio, mi sentu un salvatore della patria, un benemerito.
U presidenti da Repubblica in pirsuna m'havissi a dari puri l'onorificenze di Cavaleri, Commendatore e Grand'Ufficiali!
Ma all'urtimata…
Macari ca nun mi duna …
Minchiati sunu sti cosi…
Chi mi ni fazzu di sti tituli?
Sunu sulu pezzi ci carta… e iu, ca carta, u sapi, caru prifissureddu miu…

U sapi chi ci fazzu?)

- Per carità…!
Non lo voglio sapere.
Tenga per se questo concetto…

- Pasqualino…!
Dove te ne sei andato?
Avvicinati, disgraziato di 'sto cazzo, che quando ti cerco, scompari sempre!

(Pasqualino…!
Unni ti ni isti?
Avvicina cà, disgraziatu di sta minchia, ca quannu ti cercu, scumpari!
Quannu non ti vogghiu mi stai sempre 'menzu i palli, a darimi fastidiu.)

UNA STORIA DI TUTTO RISPETTO
QUELLA...DI UN PADRE

- Lo sa cosa voglio dirle professore mio?

Si metta bene comodo nel mio tavolo così può scrivere meglio.

Nel frattempo che lei si riposa un momento mi voglio fumare un sigaro che mi hanno voluto regalare.

Mi è arrivato direttamente dagli amici di Cuba.

Lei non lo sa e non lo può sapere!

Pure lì intratteniamo rapporti di buona figliolanza.

Noi abbiamo intrecci ovunque.

Che vuole!

Non si dice che una mano lava l'altra?

E poi a dire la verità... le braccia le abbiamo lunghe e le facciamo arrivare dove si può, dove vogliamo.

Sono come i tentacoli, uguali e precisi, stampati a quelli di una piovra.

Se vuole, la nostra organizzazione la può immaginare proprio come una piovra...

Come le posso dire...

Per esempio, quasi come quella del film televisivo.

Se lo ricorda lei?

Che cosa vuole.

Siamo un'organizzazione molto radicata nella società.

Dove possiamo, mettiamo radici in profondità.

Viviamo grazie alla nostra beneamata Cosa Nostra.

Su di essa facciamo affidamento.

Nonostante tutto, ha mai sentito qualcuno lamentarsi?

Io, le giuro, mai!

Forse raramente...

In qualche occasione.

Del resto, le bocche di chi va spettegolando le ha presenti?

O se le sono cucite loro stessi o lo abbiamo fatto noi.

(U sapi chi ci vogghiu diri prefessureddu miu?

Si mittissi chiù comudu nu me tavolu accussì po' scriviri megghiu.
Nu frattempo ca lei si riposa nu mumentu, mi vogghiu fumari nu sucarru ca mi vosiru rialari.
M'arrivò direttamenti dall'amici di Cuba.
Lei nu sapi e nu po' mai sapiri!
Puri dda, intrattinemu rapporti di figghiulanza.
Nui avemu intrecci ovunqui.
Chi boli!
Na manu lava l'autra.
E poi a virità…!
I manu, l'avemu longhi a arrivanu unni si po'… e unni vulemu.
Sunu comu i tentacoli uguali, precisi e stampati a chiddi da piovra.
Si voli, a nostra organizzazioni, ha po' immaginari propriu comu na piovra
Chi ci pozzu diri…
Per esempiu…
Quasi comu a chidda du firmi da televisioni!
Su ricorda voscenza?
Chi boli!
Semu genti assai radicata na società.
Unni arrivamu, mittemu radici e finu in funnu.
Vivemu grazie a nostra bene amata società.
Supra di idda facennu affidamentu.
Cu tuttu chissu, voscenza, ha sintutu mai quarchedunu lamintarisi?
Iu beddamatri mai!
Forsi raramenti…
Pi qualchi mumentu!
Ma poi, i vucchi, chiddi ca vanu spettegulannu, ci l'havi presenti?
O si l'hanu cusutu iddi stissi o l'havemu fattu nui pirsunalmenti… stu binidittu surbizu.)

[Mentre i due sono intenti in simili discorsi, ad un tratto si sente aprire la porta, con un urto violento, come se stesse entrando un vero uragano.

Entra un uomo basso e spelacchiato. Crucciato e dispiaciuto in volto, seguito dai due uomini di fiducia del boss di quella casa, abilitati da sempre, a fare da guardia e da palo alla villa, ma soprattutto addetti alla tutela delle persone.

Si tratta dell'avvocato personale del boss, il dottor Mariano, il quale rivoge, concitato, le sue parole direttamente a don Filicinu]

- Ma come?
Che mi sta combinando con questo suo ospite accanto, don Felice amatissimo?
Sua madre mi ha telefonato preoccupata.
Mi ha avvertito che lei sta parlando…
Sta raccontando?
Si rende conto di ciò che sta facendo…?
È una cosa grave, oserei dire gravissima!
Se lo vuole mettere o no in testa?
Lei si sta confidando ad un estraneo?
È completamente impazzito?
È uscito di senno per caso?
Vuole mettere la vita sua e quella di tutta l'organizzazione nelle mani di questo signore che non so neanche come si chiami?

- Si calmi avvocato mio!
Si sta riscaldando per nulla…!
Se s'incazza in questo modo le verrà qualche trombosi.
Questo frastuono che sta facendo in casa mia m'infastidisce.
Ancora, grazie al cielo, non sono rimbambito.
Questo signore che lei sta vedendo con me, non è uno qualunque e, con l'occasione glielo voglio presentare.
È il professore, quello letterato che, io stesso in persona, ho voluto chiamare per raccontare la storia della mia vita.
La storia !
Volevo dire qualcosa...
Qualche fatto marginale, insignificante…
Quello che m'aggrada!
Va bene?
Sono padrone di dire quello che cazzo mi viene in testa o no?
Oppure le devo chiedere il permesso?

Sono per caso interdetto?
Sono per caso sotto la sua patria potestà?
Chi mancherebbe pure questo!
E poi quella buona donna di mia madre, ci si mette pure lei?
Come le possono venire in testa certe sparate senza il mio permesso?
Solo le donne le possono fare simili sortite.
Hanno sempre pronte delle emerite cazzate.

(Si carmassi abbucatu miu beddu!
Comu si quadìa pi nenti...!
Se s'incazza accussì quarche trombosi ci veni!
Sta battaria ca lei fa, in casa mia, mi frastorna.
Ancora, pi furtuna, rimbambitu nun ci sugnu!
Stu signori ca lei sta vidennu cu mia nun è unu qualunque, ma cu l'occasioni ci u vogghiu presentari.
È u professuri, chiddu letteratu di sta minchia du cazzu, ca iu stessu, in persona, vosi chiamari, pi cuntarici a storia da me vita.
A storia....
Vuliva diri quarche cosa....
Quarche fattu... marginali...!
Chiddu ca m'aggrada a mia!
Va beni?
Sugnu patruni di diri chiddu ca cazzu mi venin in testa o no?
Oppuri c'haiu a dumannari u pirmissu a lei?
Sugnu pi casun interdettu?
Sugnu sutta a so patria potestà?
Ci mancassi puri chistu.
E poi dda bona donna di me matri?
Si ci metti puri idda?
Comu ci venunu certi partuti senza u me pirmissu!
Sulu i fimmini i ponu fari certi sparati.
Fanu sempri emeriti cazzati.)

[interviene il professore]

- Non si prenda dispiaceri.

Si sa come sono le mamme!
Tutte apprensive e trattano i figli, pur cresciuti e sposati, come fossero neonati!
Lasci correre.

- Lascio correre un cazzo!
Queste cose non le doveva fare.
La poveretta, nonostante sia rimbambita, capisco che agisce per cautelarmi, ma non comprende che in questo modo mi fa fare la figura di minchione davanti al mio personale?
Gliel'ho detto di starsene muta e di farsi i cazzi suoi.
Lo vede pure lei, con i suoi occhi, caro professore, come ragionano le femmine e come sono intriganti e capaci di far scoppiare una guerra per essere incoscienti e rincoglionite?
Che bisogno c'era di scomodare il nostro avvocatuccio?
Se lo ricordi lei, professore mio che difende sempre le donne siciliane e le considera, nelle sue storie, proprio come coraggiose...!
Coraggiose.
Piuttosto intriganti sconsiderate e disturbatrici dell'umanità...
E poi non parlamo delle vecchie!
Sono un tormento per i figli...

(Lassu perdiri un cazzu!
Sti cosi nun l'havi a fari.
Idda, mischinedda, cu tuttu ca è rimbambita, pozzu capiri ca u fa pi cautelarimi, ma nun capisci ca mi fa fari a fiura du minchiuni davanti o me personali?
Ci l'haiu dittu di starisi muta e di farisi i cazzi sua!
U vidi pure lei, chi so occi, caru professureddu come ragiunanu i fimmini e comu sunu intriganti e capaci di fari scuppiari na guerra pi essiri incoscienti e rincoglionite.
C'era bisognu ca scumudava u nostru avvucaticchiu?
Su ricordassi, propriu lei, prefessuri miu, ca difenni sempri i fimmini siclialiani e i considera, ni so stori ca scrivi, propriu comu curaggiusi!
Curaggiusi?
Chiuttosti intriganti, scunsidirati e inquietaturi dill'umanità...
E nun parlamu di vecci!

Sunu u turmentu di fighi!)

[interviene il legale]

- Ma lei don Felicinu per caso, ha perso il cervello?
Che va a raccontare i segreti di Cosa Nostra?

- Quali segreti e minchionerie di Stato ho svelato?
Prima di tutto, caro avvocatuccio mio, legga quello che quest'amico mio gentilissimo ha scritto e poi parli con cognizione di causa.
Ma quali segreti svelati e quali diavolerie scoperte!
Ogni parola che ho detto è stata misurata e passata al microscopio e al setaccio.
Che cosa crede sia facilone e che non capisca l'importanza delle parole?
Sono ignorante ma non rincoglionito.
Legga, per davvero, quello che ha scritto e poi parli.
Il professore sta scrivendo la storia di un certo don Felicinu...
E chi l'ha detto che si riferisce proprio a me?
Mi chiamo forse, veramente Felicinu io?
Ce ne sono tante di persone con questo nome.
E poi, può leggere pure che non si nomina neanche la località, né il paese.
Tutto anonimo è!
Le sembra sia stupido sino a questo punto?

(Quali secreti e minchionerie di Statu svelati?
Prima di tuttu, caru avvucateddu miu, liggissi chiddu ca st'amicu miu gintilissimu ha scrittu e poi parrassi cu mutivu.
Ma quali secreti svelati e quali diavulerie scoperti!
Ogni parola ca haiu dittu, misurata fu e passata o microscopio e u setacciu.
Chi si cridi ca sugnu faciloni e arrabbattaturi?
Pozzu essuri consideratu 'gnuranti ma non certu minchiuni.
Si leggissi, pi daveru, chiddu ca ha scrittu e poi parrassi.
U prefessuri sta scrivennu la storia di un certu don Filicinu.
Mi chiamu forsi veramenti Filicinu iu?

Patri, Patrinu e Patruni

E cu l'ha dittu che si riferisci propriamenti a mia?
Ci n'è tanti pirsuni cu me nomi!
E poi ha vistu ca nun si nomina mancu a località e u paisi?
Tuttu anonimu è!
Ci ci pari ca sugnu fissa sinu a stu puntu?)

- Si va bene...!
Ho letto...
In effetti...
Però stia attento lo stesso...
Sia cauto e parli con la dovuta discrezione.
Non si sa mai...
Le può sfuggire qualche rivelazione o un particolare che farebbe condurre, nello specifico, alla sua stimatissima e degnissima persona.

- Stia tranquillo avvocato mio caro.
Le sembra che possa darmi una mazzata con le mie stesse mani?
E poi il professore mi sembra una persona seria!
Non credo che mi voglia male.
Non mi farebbe mai un tradimento!
Che cosa ci guadagnerebbe?
Un cazzo di niente!
So soltanto che questo uomo è onesto .
Mi hanno detto che ha avuto occasione di avere, tra le mani, tantissimi soldi e pure potere, nel periodo della sua professione, ma mai una lira ha guadagnato illecitamente.
Ha trascorso una vita a vivere del suo guadagno ed ha tenuto lontano, sempre, i cattivi consiglieri e quelle occasioni che avrebbero potuto fare l'uomo cosiddetto ladro.
Secondo me, è stato un emerito minchione... di professione...
Del resto lui, a casa sua, può fare quello che vuole.

(Stassi tranquillo avvocatuzzu miu beddu!
Chi ci pari ca mi dugnu na mazzata chi me stissi manu?
E poi, u prefessuruzzu, mi pari na pirsuna seria!
Non cridu ca mi voli mali!

Nun mi facissi mai nu tradimentu!
Chi ci guadagnassi?
Sacciu ca stu sant'homo è pirsuna ca merita.
M'hanu dittu ca iddu ha maniatu sordi e ha avutu puri in manu nu pezzu di puteri na so amministrazioni statali e ca mai na lira ha guadagnatu illecitamente.
Ha passatu na vita a campari du so stipendiu e ha tinutu sempri luntanu i mala cunsigheri e l'occasioni chiddi ca a certuni, avissiru fattu l'homu latru.
Secunni mia, ha statu n'emeritu minchiuni… di professioni.
Poi, iddu, a so casa po' fari chiddu ca voli…)

- Va bene, don Felicino.
Io adesso scappo perché ho molti clienti nel mio studio che mi aspettano.
Se ha bisogno di me, mi chiami con uno squillo del cellulare, come il solito, senza dire parola ed io accorrerò subito.

- Vada.
Se ne vada tranquillo avvocato.
Vuole insegnarle a me queste cose?
Può dormire sopra tre guanciali di piuma d'oca.
La saluto…!
Porti i miei riveriti ossequi alla sua gentile consorte alla quale bacio le mani e saluto devotamente.

[esce l'avvocato]

- Mamma… Mamma …
In che pasticcio di minchia mi hai messo?
Che figura mi fai fare?
All'avvocato lo hai fatto venire di corsa per nulla.
Lo hai fatto spaventare.
Come possono venirti in testa certe idee?
Adesso non ci senti… ah?
Dillo piuttosto che fai finta di non udire!
Hai la coscienza sporca?

Lo hai capito almeno che hai fatto una grossa minchiata?
La prossima volta, quando ti vengono simili stronzate, fammelo sapere in anteprima, almeno mi preparo il colpo.
Ritorniamo al nostro discorso professore mio, mi sembra che abbiamo perso troppo tempo.

(Issi..
Si ni issi tranquillu abbucà.
Chè?
L'insegna a me queste cose?
Può dormire sopra tre guanciali di pinna d'oca.
A salutu …!
E ci purtassi le mie riverenze a sò gentile mugghera, alla quale bacio le mani e la ossequio tantissimamente.
…….
Mamà … Mamà …
Chi pasticciu di minchia mi cumminasti?
Chi fiura mi fa fari?
All'abbucaticchiu u facisti curriri pi nenti!
Ci mittisti di supra nu scantu!
Comu ti ponu veniri certi cosi in testa?
Ora nun ci senti… ah?
Dillu chiuttostu ca fa a finta di nun sintiri?
C'hai u carbuni vagnatu.
U capisti ca cumminasti na grossa minchiata.
A prossima, vota quannu ti venunu simili sparati in testa, fammillu sapiri prima almenu mi priparu u corpu!
Riturnamu o nostru discursu, prefessureddu miu, mi pari c'havemu persu troppu tempu inutilmenti!)

- Sono a sua disposizione!
Sono qui per questo.

- Le voglio raccontare quello che mi è successo un po' d'anni fa.
Avevo, tra i tanti uomini che lavoravano per me, un picciotto sveglio e desideroso di farsi strada di nome Ramunnu, Raimondo.

Già appena pronunzio il suo nome... lo vede mi commuovo e mi vengono le lacrime senza volerlo...

Si notava che quando eseguiva i miei comandi, metteva l'entusiasmo e tutta la sua buona volontà in corpo.

Non c'era mai una volta che fallisse e sbagliasse!

Mai accennava un'obiezione o un'esitazione.

Tutto ciò che dicevo era legge per questo bravo giovane.

Io lo scrutavo e lo vedevo come un emergente, un uomo che si poteva portare avanti, coltivarlo e dargli fiducia.

Questo giovane, col tempo, è diventato meglio di un figlio mio, perché il buon Dio, di maschi, non me ne ha voluto dare.

Mi ha regalato solo una femmina che voglio bene come la luce degli occhi miei.

L'avrei voluto un figlio maschio!

Eccome!

L'erede del mio regno sarebbe stato...!

Invece niente maschi e quella figlia fu l'unica.

Me lo sono preso a tale simpatia questo picciotto, che all'epoca aveva meno di trent'anni.

Era servizievole, serio, sicuro nel lavoro che gli ordinavo.

Era sempre accondiscendente che sembrava pendesse dalle mie labbra e dalle mie decisioni.

Quale figlio e figlio...!

Col tempo era diventato il mio braccio destro.

Meglio di un figlio.

Non avevo bisogno di parlare e aprire bocca che lui, già, mi capiva subito negli occhi!

Era rapido nei movimenti e veloce nel comprendere gli ordini.

Mi stava sempre al fianco e non mi voleva mai lasciare, perché diceva che mi doveva proteggere a costo della sua vita.

Che figlio adorato che era!

Per questo l'ho voluto vicino a me come l'uomo fidato.

Quando gli comunicai questa decisione, fu così contento che sembrava un bambino.

Era radioso in viso come se avesse fatto tredici al totocalcio.

Non sapeva come ringraziarmi per l'onore che gli ho dato e non perdeva occasione per dimostrarmi riconoscenza.

Sempre mi voleva baciare le mani.

(Ci vogghiu cuntari, ora, chiddu ca mi capitò na picca d'anni annarrè.
Haviva tra i tanti homini ca travagghiavanu pi mia, nu picciutteddu, sveghiu e desideroso di farisi avanti, di nomi Ramunnu.
Già, appena nominu u so nomi, mi commuovu e mi scinnunu i lacrimi...
Si vidiva ca quannu eseguiva i cumanna ca ci dava, ci mittiva l'entusiamu e tutta a bona volontà di stu munnu.
Nun c'era mai na vota ca falliva e sbagghiava!
E mai ad accennari a n'obiezioni o n'esitazioni.
Chiddu ca diciva iu era leggi pi stu bravu caruseddu.
E iu u scrutava comu unu emergenti, n'homu ca si putiva purtari avanti, da coltivari e da darici importanza!
Chiddu, cu tempu, divintò megghiu di nu figghiu miu, pirchì u Signuruzzu beddu, di masculi, a mia, nun mi ni vosi dari.
Mi desi sulu na fimmina ca vogghiu beni comu a luci di l'occi mei.
L'avissi volutu un figghiu masculu!
Eccomu!
L'eredi du me regnu avissi statu...!
Inveci?
Nenti masculi e chidda... fu l'unica.
Mu vosi pigghiari stu picciuteddu talmenti a simpatia ca all'epuca, mancu trent'anni putiva aviri.
Era sempri sevizievuli, seriu, sicuru nu travagghiu ca faciva pi cuntu mia.
Era puri accussì accondiscendenti ca pariva ca dipinniva da me vucca e de me paroli!
Chi figghiu e figghiu!
Cu tempu divintò u me bracciu destru.
Megghiu e chiù assai di nu figghiu.
Nun haviva bisognu di parrari e di rapiri a vucca ca iddu mi capiva subitu nill'occi!
Era lestu ne movimenti e veloci di comprendonio, di cirvellu, insomma ...
Mi stava sempri o sciancu e nun mi vuliva lassari mai, pirchi diciva ca m'haviva a proteggiri a discapitu puri da so vita.

Chi figghiu aduratu ca era!
Pi chissu mu vosi mettri o sciancu comu l'homu chiù fidatu.
Quannu ci comunicai sta mia decisioni, fu accussì filici e accussì cuntentu ca pariva nu picciriddu.
Era radiusu na facci comu s'avissi fattu tridici cu totocalcio!
Nun sapiva comu ringraziarimi pi st'anuri ca ci desi e nun pirdiva occasioni, pi dimostrarimi riconoscenza e sempri mi vuliva vasari a manu.)

[interrompe il professore]

- Non sapevo, che anche i boss, dico in genere, sono sentimentali e si legano alle persone come tutti gli altri!

- Certamente professore mio!
Questo è il guaio nostro.
Anzi fu quello mio.
Perché?
D'altronte non siamo fatti pure noi di carne e ossa?
Cosa le sembra che non abbiamo un cuore e un'anima?
Pare, dall'esterno, che siamo corazzati, ma sotto, proprio sotto, ci batte un cuore come tutti i padri.

(Certamenti prefessoruzzu miu!
Chissu è u guaiu nostru.
Chiddu miu…!
Pirchì?
D'artronti nun semu fatti, puri nui, di carne ed ossa?
Chi ci pari ca nun l'avemu nu cori e n'anima?
Pari ca semu curazzati…!
Ma sutta, propriu sutta, ni batti u cori comu tutti i patri)

- Però lei, don Filicinu, m'insegna che è pericoloso, nel suo ambiente, dare troppa importanza e onore alle persone.
La troppa confidenza, lo dice pure un proverbio siciliano, fa perdere la riverenza e il rispetto.
Vossia ha voluto dare troppa importanza.

Insomma eccessiva considerazione.
Un capo del suo calibro doveva mantenersi, che so io... distaccato, freddo, indifferente.
Mi meraviglio di vossia che sembra così accorto e poi, alla fine...
Farsi fottere per essere troppo sentimentali...
Potrei dire che siano delle cose impossibili.
Come si è potuto persuadere?
Doveva essere impassibile come sembra lo sia in questa momento.

(Però, lei don Filicinu, m'insegna ca è periculusu dari troppa importanza e onuri e pirsuni.
A troppa confidenza, u dici puri u proverbiu sicilianu, fa perdiri a riverenza e u rispetto.
Macari vossia ci vosi dari truppu spicco...
Troppa considerazione, insomma!
Un capu du so calibru s'haviva a mantiniri, chi sacciu... distaccatu, friddu, indifferente.
Mi meravighiu di vossia ca parissi accussì accorti e poi all'urtimu....
Farisi futtiri pi essiri troppu sintimintali...
Putissi diri ca fussiru cosi dill'autru munnu.
Ma comu si persuasi?
Havia essiri friddu e impassibili come pari ca fussi ni stu mumentu.)

- Le sembra facile!
A dirsi sembra semplice.
Ma al cuore, lei lo sa, che non si comanda.
A dirle la verità mi sono fatto trascinare dall'istinto.
Nella vita, per il mestiere che facciamo noi, mai son caduto in questa rete di sentimentalismi...
Perché poi, alla fine, veniamo pescati e facciamo la fine dei pesci.
Su questo benedetto ragazzo la mia vita potevo scommetterci.
Mi facevo commuovere dalla sua fedeltà e vedevo che la sua giovinezza meritava più di ciò che egli stesso chiedeva.
Così... mi sono persuaso.
Che posso farci se l'ho pensata in questo modo?
Quello era generoso e disponibile ed mi sentivo di ricambiare questo affetto e questa generosità.

Non passava occasione che i suoi servigi li compensassi con soldi in abbondanza.

Poi arrivò il giorno in cui alcuni amici nostri mi comunicarono che, in città, stava arrivando una partita di bei "gamberoni", mai avuta prima, fresca, di prima scelta.

La nave doveva attraccare dopo una settimana.

Che cosa posso dirle professore mio!

Un carico così pregiato mai mi era capitato nella mia vita e valeva... come glielo posso descrivere...

S'immagini che in cifre potrebbero essere proprio milioni e milioni di euro sonanti.

Era un affare eccezionale ma rischioso.

Rischiosissimo...

Ma valeva la pena mi creda!

Il carico era destinato a me.

Mi serviva per fare lavorare altre centinaia di picciotti non solo dell'isola ma di tutt'Italia.

S'immagini lei che affare grosso potesse essere.

(Chi ci pari facili!

Pari na cosa semplici a dirisi.

Ma o cori, u sapi beni, nun si cumanna.

Pi dirici a virità, mi vosi fidari e mi fici trascinari dall'istintu.

Na vita, pu misteri ca facemu nui, mai hai cascatu ni sta riti di sentimentalismi...

Pirchì poi, a fini, vinemu piscati e facemu a fini du pisci.

Di stu binidittu carusu, a vita mia, ci putiva scummettiri.

Mi faciva commuoviri a so fedeltà e vidiva ca a so giovinezza miritava chiù ca iddu stessu dumannava.

Accussì mi pirsuasi!

Chi ci pozzu fari se a pinzai ni stu modu?

Chiddu era genirusu e disponibili ed iu mi sintiva di ricambiari st'affettu e sta generosità.

Nun passava occasioni ca i so sirbiza, i ricambiava sonoramenti cu beddi mazzetti di dinaru.

Poi, nu iornu, mi comunicaru, amici nostri du paraccu, ca in città stava arrivannu na partita di beddi... cosiddetti "gamberoni", mai avuta prima, di chidda frisca, di prima scelta.
A navi haviva attraccari dopo na simana.
Chi c'haiu a diri prefessureddu miu!
Nu carrucu accussì pregiatu mai m'era capitatu na me vita e valiva ... comu ci u pozzu discriviri...
S'immagginassi ca in cifri putissiru essiri miliuna... propriu miliuna e miliuna di euro sonanti....
Era n'affari bonissimu ma rischiusu!
Rischiosissimu...
Valiva a pena.... mi cridissi!
U carrucu mi l'haviva a pigghiari iu ca mi sirviva pi fari travagghiari n'autru centinaia di picciotti nun sulu ni st'isula ma in tutt'Italia.
S'immagginassi lei che cosa grossa putiva essiri.)

- A lei, don Felicinu, a cosa le servivano tutti quei crostacei?
Ha forse delle pescherie in città?
In così grande quantità che cosa ne doveva fare?

(Ma a lei don Filicinu chi ci sirvivanu tutti chiddi crostacei?
Chi c'havi i piscarìi in città?
Tutti chisti chi n'haviva a fari?)

- Allora non ha capito un cazzo di quello di cui sto parlando?
Non si rende conto che i gamberoni non erano gamberoni e che i crostacei non erano crostacei veri e propri?
Mi vuole fare incazzare?
Se non comprende quello che dico, arrivati a questo punto, non m'importa una minchia.
Scriva lo stesso e vada avanti riportando le mie parole.
I lettori saranno, sicuramente, più accorti di voscenza!
Mi sembrava fosse più sveglio e perspicace, ma vedo...

(Allura nun ha caputo un cazzu di chiddu ca staiu dicennu?
Non si renni cuntu ca i "gamberoni" nun erunu gamberoni e che i "crostacei" nun eranu veri e propri crostacei?

Mi voli fari incazzari?
Si nun capisci chiddu ca ci dicu ora nun m'importa na minchia ....
Scrivissi u stissu e issi avanti a riportari i me paroli.
I so lettori sunu sicuramenti chiù accorti di voscenza ca mi pariva fussi chiù sveghiu e avvedutu ma vidu...)

- Io glielo l'ho sempre detto e ripetuto pure, che non sono addentro alle vostre cose complicate e difficili.
Della vostra organizzazione... insomma...!
Conosco solo quello che si vede in televisione, che si dice e si legge sui giornali.

- Li raccomando a lei i giornali!
Quelli scrivono sempre minchiate ed imbrogliano i fatti come vogliono... e lo fanno per vendere sempre più copie.
Glielo l'ho detto sempre a lei che il motore che fa andare avanti il mondo è l'"argiant", insomma i soldi.
Lei vive ancora di correttezza e mi parla di legalità e di serietà...
Mi faccia il cazzo di favore con queste parole di minchia!
Mi sembra un puro e semplice illuso di quei tempi del cazzo.
Le voglio dire, arrivarti a questo punto, la vera e propria verità.
Carissimo professore lei si dovrebbe svegliare.
Deve aprire gli occhi e guardare in faccia la verità e la realtà d'oggi.
Quelle cose cui voscenza crede sono cretinate e stronzate, inventate apposta dai furbi e millantatori per illudere e ingannare la gente ingenua come lei.
I minchioni... in poche parole.
Dovrebbe stare un mese con me caro amico mio...
Io le insegnerei com'è veramente la vita, quella di ogni giorno.
Come si combatte e si lotta con i denti, con i coltelli, con gli scontri; spingendo e allontanando la gente per farsi largo e spazio ad ogni costo.
Anche a sacrificio della vita spargendo se necessario, pure sangue.
Se non si fa in questo modo, si rischia di soccombere affogati, perché la gente è tutta presa dal denaro e ad arricchirsi velocemente e in ogni modo.
Non importa come.

Ciò che conta è afferrare denaro.

Non si accontenta, come fa lei e tanti altri come lei, di vivere di misero stipendio.

A me e a tanti altri come me, lo sa a che mi serve lo stipendio come il suo?

Per comprarmi i sigari ed elargire la mancia a chi mi serve.

Lo ha capito adesso o no?

Deve cambiare questo suo modo di pensare.

Ma oramai...

Chi nasce tondo, dice il proverbio, non muore quadrato.

(Li raccumannu a lei i giurnali...!

Chiddi ca scrivanu sempri minchiati e imbrogliunu i fatti come vonu... e u fanu pi vinniri sempre chiù copie.

Ci l'haiu dittu sempre a lei ca u muturi ca fa iri u munnu avanti è l'argian, i sordi, insumma.

Comu ci l'haiu a ripetiri?

Lei vivi ancora di correttezza e mi parla di legalità, di serietà!

Ma mi facissu u cazzu di favuri di tutti sti ciacciri di michia!

Mi pari un puru e semplici illusu di ddi tempi du cazzu.

Ci vogghiu diri, arrivatu a stu puntu, a virità ....

Caru prefessuri voscenza s'hava a risbigghiari.

Hava a rapiri l'occi e taliari in faccia a rialtà d'oggi.

Chiddi cosi a cui voscenza cridi sunu critinati e strunzati, invintati apposta di furbi e mallatriuni, pi illudiri e ingannari a genti creduluna comu a lei.

I minchiuna in pochi paroli!

Havissi a stari un misi cu mia caru prefessureddu miu!

Iu ci insignassi com'è veramenti a vita, chidda dura di ogni iornu.

Comu si cummatti e si lotta chi denti e chi cuteddi, chi sciarri e spingennu e ammuttannu a genti pi farisi largu e spaziu!

Propriu a costu di qualsiasi scarificiu, puri di sangu!

Si nun si facisi accussì si mori affucati pirchì a genti è tutta pigghiata di fari dinari e arricchirsi in modu lestu e veloci.

Nun ci 'nteressa comu.

Basta ca aggarra dinaru!

Nun s'accuntenta come fa lei e tanti autri comu a lei, ca viviti du misiru stipendiu.

A mia e a tanti autri comu a mia, u sapi a chi mi servi u stipendiu comu u sua?

Pi accattarimi i sicaretti e dari a mancia a cu mi servi.

U capiu ora o no?

Lei s'hava a cangiari a testa…?

Ma oramai…

Cu nasci tunnu…. dici u proverbiu… non po' moriri quatratu!)

- Che vuole dire con questo?

E poi non ho nulla da capire don Filicino.

Ognuno è fatto secondo la sua natura ed io, queste cose che lei mi dice, non le capisco, non le conosco e non intendo approfondirle.

Dica quello che vuole, io semmai posso scriverle, ma glielo ribadisco, non le condivido minimamente.

Ognuno, col suo ruolo nellla vita risponde alla propria coscienza ed alla società in cui vive.

- Belle parole sono le sue!

Che devo fare?

Le devo battere per caso le mani?

Lo vede?

Gliele sto battendo.

Bravo professore, mi ha fatto commuovere talmente che mi sono spuntare le lacrime!

Già!

Quelle da coccodrillo.

Mi faccia il cazzo del favore.

La smetta una buona volta di fare ridere i polli e le galline.

Quelle cose che ha detto, glielo garantisco io che conosco meglio di lei il mondo, sono tutte emerite stronzate, scemenze e minchionate.

Come glielo devo far capire?

Minchia!

È proprio duro di testa!

Comunque sono affari suoi.

Se la pensa così è libero d'impiccarsi con le sue stesse mani.

Ma se lo ricordi, nessuno mai le darà la medaglia d'oro.
Quella di minchione macari sì!
Anzi, di davanti, le dicono che è una brava persona, ma di dietro le faranno un'emerita pernacchia, ma di quella sonora, con tutto l'effetto e con sentimento.

(Beddi paroli i sò!
Chiffà?
C'haiua a battiri pi casu i manu?
U vidi…?
Ci staiu battennu.
Beddu prefessuri, mi fici commuoviri talmenti ca mi spuntaru puri i lacrimi?
Già!
Chiddi di coccodrillu.
Ma mi facissun u santu cazzu di piaciri.
A smittissi na bona vota di fari arridiri i polli e i gaddini!
Chiddi cosi ca ha dittu voscenza ci u dicu iu, ca canusciu megghiu di lei u munnu, sunu tuttu strunzati, scemenze e minchionati?
Comu ci l'haiu a fari capiri?
Comunque sunu affari sua!
Se a pensa accussì è liberu d'impiccarsi chi so stissi manu.
Ma su ricurdassi ca nuddu ci duna a lei a midaglia d'oru.
Anzi, di davanti ci diciunu ca è nu bravu cristianu, mentri di d'arrè ci fanu n'ememerita e sonora pernacchia, cu tuttu l'effettu e cu sentimentu.)

- Medaglie, don Felicino, io non me ne aspetto da nessuno.
Non ne voglio e me ne fotto dei soldi perché quelli che ho mi bastano e non mi va d'ingozzare e di sperare in ciò e per ciò che non ho.
Sono contento per quello che è mio e che mi sono guadagnato onestamente.
Mi basta così.

- E bravo il minchione di turno!
Ne abbiamo un altro, di stronzo, che vive d'illusione e di belle parole.

Tutte queste cose, se lo ricordi bene, non la fanno certamente ingrassare...
Anzi fanno rinsecchire le persone e le portano diritto al camposanto.
Gliel'ho detto oramai come la penso!
Per il resto sono cazzi suoi e amari!
Continuiamo la nostra storia che è meglio.
Sta scrivendo sempre?
Le raccomando, mi segua...
Per filo e per segno.

(E bravu u minchiuni di turnu.
N'havemu n'autru strunzu ca vivi d'illusioni e di beddi paroli!
Tutti cosi, chisti, su ricordassi beni, nun fanu certu ingrassari a voscenza...
Anzi rinsicchisciunu i pirsuni e i portunu dirittu o campusantu.
Iu ci u dissi ormai comu a pensu.
U restu cazzi sui sunu!
Continuamu a nostra storia ca è megghiu.
Sta scrivennu sempri prefessù?
Ci raccumannu...
Filu pi segnu!)

- Stia sicuro che tutto scritto ho.
Non tralascio nulla.

- Stavo parlando di quella partita di gamberoni freschi.
Erano messi e sistemati nella stiva della nave e imballati in modo da confondersi con tutte le altre cose da scaricare.
Ramunnu, il mio fidato picciotto, seguiva, in ogni particolare, le fasi dello scarico della merce.
Meglio di lui, uomo fidatissimo, a chi potevo affidare quest'incarico di massima delicatezza?

(Stava parrannu di dda partita di beddi gamberoni frischi.
Eranu misi e sistimati na stiva da navi e boni imballati ca si cunfunnivanu cu tutti l'autri cosi da scaricari.

Ramunnu, u me picciotto fidatu, seguiva tutti i fasi di scaricu da merci.
Chiù assai di iddu, l'homu fidatu miu, a cu putiva megghiu affidari st'incaricu di massima fiducia?)

- Allora lei, don Felicino, con questo carico di merce, diciamo così, pensava di fare il colpo più grosso della sua vita?
Poteva dirsi soddisfatto.
O no?

- Certo!
Ero fiero e già facevo i conti come avrei potuto investire e riciclare la gran massa di soldi.
Mi ero convinto che era meglio investirli tranquillamente nella mia città acquistando terre e lotti, a prezzo modesto e poi fabbricare grattacieli...
Signorili e di lusso, possibilmente con piscina davanti, per la gente benestante,
Li volevo fare nella periferia, tipo villagetto, pieno di negozi.
Che fosse tutto mio, magari intestato a mio nome...
Che vuole!
Ci tenevo tanto a lasciare la mia impronta ai miei eredi.
Questi erano i miei propositi; la realtà invece, che si stava avverando, era di tutt'altra natura.

(Certu!
Eru fieru e già mi faciva i cunta comu avissi investitu i picciuli e comu ricliclari sta gran massa di danaru.
A me testa mi diceva ca era mugghiu investirli in città, accattannu terrini e lotti a pocu prezzu e poi fabbricari palazzi auti 'nfinu u cielu.
Di chiddi signorili e di lussu, macari ca piscina di davanti pa genti benestanti.
I vuliva fari a periferia da granni città, comu nu villaggettu, chinu puri di palazzini, negozi.
Tuttu mio, macari intestatu o me nomi.
Chi boli!
C'havissi tinutu a lassari a me impronta e me eredi....

Chisti eranu i me propositi, a realtà, invece, che si stava avverando,
era di n'autra natura.)

- Desiderare di lasciare agli altri un ricordo e magari la prosecuzione
del proprio lavoro è un'ambizione sana.
Però, vossia, don Filicino ho l'impressione si sia spinto di là da ogni
prevedibile realtà e liceità.

- Questa è proprio bella detta da lei!
Mi sembra una barzelletta
Ed allora?
Mi devo fare un'altra risata?
Mi vuole impedire, per caso, di sognare e considerare quello che
cazzo voglio e che mi passa per la minchia della testa?
Le devo chiedere per caso il permesso?
Deve stabilirlo lei quando una cosa si deve considerare lecita od
illecita?
Sono stato sempre padrone del mio modo di pensare.
Non solo!
Quello che mi passa per la minchia della mia testa, gli altri scagnozzi
miei lo devono eseguire, dritto o storto che sia.
I miei comandi si devono onorare senza discutere e fiatare e chi si
vuole passare il piacere di aprir bocca, gliela faccio chiudere, in
quattr' e quattr'otto, con una bella pistolettata al centro della fronte.
Mi deve far dire apertamente anche queste cose riservate e segrete?
Non so se mi sono spiegato…!
Ho però il dubbio che lei mi abbia ben compreso…!

(Chista è propriu bedda ditta di lei!
Mi pari na barzelletta.
Chi fa?
M'haiu a fari arrè na bella risata?
Mi voli impediri voscenza di sugnari e desidirari chiddu ca cazzu
vighiu e ca mi passa pa minchia da testa?
C'haiu a dumannari pi casu u pirmissu?
L'ha stabiliri lei quannu na cosa s'ha cunsidirari lecita o illecita?
Iu hai statu sempri patruni du me modu di pinzari.

Nun sulu!
Ma chiddu ca mi passa pa minchia da me testa l'autri me scagnozzi l'hana a fari pi drittu o pi stortu.
I me cumanni s'hana onorari, senza discutiri e fiatari e cu si voli passari u piaciri di rapiri a vucca, c'ha fazzu chiudiri, subitu, in quattru e quatt'otto, cu na bedda pistulittata o centru da frunti.
M'ha fari diri puri sti cosi riservati e segreti?
Nun sacciu se mi sono spiegatu!
Ho però quarchi dubbiu ca vosscenza .... mi capiu!)

- L'ho capita benissimo.
Non si preoccupi e non esageri.
La smetta di considerarmi completamente sprovveduto ed ingenuo sino a questo punto.

- Come le stravo dicendo...
All'arrivo di notte della nave col carico al porto, col silenzio e la pace, i miei quindici uomini ebbero modo di lavorare tranquillamente.
Veloci, decisi, usarono i guanti di velluto e la professionalità che io, modestamente, ho insegnato loro.
Eravamo rimasti col mio fidato Ramunnu, che gli avrei mandato il camion alle undici di sera.
Poi, il tempo necessario per scaricare la merce e portarla a destinazione, divisa in più magazzini.
Invece, i miei uomini mi riferirono, dopo, che un camion era arrivato alla dieci e mezzo.
Mezz'ora prima dell'orario stabilito.
Seguiva l'operazione Ramunnu e fu così lesto e veloce che finì tutto in venti minuti.
L'autista del camioncino, appena il carico fu pronto, mise in moto e partì
Ramunnu aveva in mano nella valigia i miei milioni di euro.
Tutto sembrava fosse finito felicemente e senza problemi.
L'altro uomo fidato, quello che avevo messo accanto a Ramunnu, un certo Agustinu, soprannominato "pilo russo", mi chiamò dal cellulare per darmi una comunicazione.

(Comu ci stava dicennu, a sira du caricu o porto, a navi arrivò di notti cu silenziu e ca paci, dannu a possibilità e me chinnici homini di travagghiari tranquillamenti.

Lesti, decisi, usannu i guanti di villutu e la professionalità ca iu, mudestamenti c'haiu datu.

Haviva ristatu cu me figghiuzzu Ramunnu ca iu ci mannava u camiun all'unnici di sira.

Poi u tempu di scaricari a merci e portarla a destinazioni divisa in chiù magazzini.

Inveci l'homini mia, dopu mi vinniru a diri, stranamenti, ca un camiun aviva arrivatu e deci e menza.

Menz'ura prima dill'orariu stabilitu.

Seguiva tutta l'operazioni, Ramunnu e fu accussì lestu e veloci ca fici tuttu in appena venti miunuti.

L'autista du camioncino appena u caricu fu prontu misi in moto e partiu.

Ramunnu stessu aviva ne so manu a valigia di me miliuna di euru Tuttu pariva si fussi conclusu felicementi e senza scrusciu.

Inveci l'autru homu miu fidatu ca travagghiava assemi a Ramunnu, un certo Austinu, soprannominatu " u pilu russu", mi chiamò cu cellulari pi darimi na comunicazioni)

"Don Filicinu, i gamberoni sono sistemati e stanno arrivando a destinazione.

Lo scarico è andato tutto bene senza imprevisti."

(Don Filicinu, i gamberuni sunu sistimati e stanu arrivannu a destinazioni.

U scaricu si svolsi tuttu lisciu e senza imprevisti.

Nu silenziu di tomba ci fu!)

"Ma come? - gli risposi tutto preoccupato -
Com'è possibile che l'operazione si sia conclusa, se il mio camioncino l'ho mandato appena cinque minuti fa?"

Tradimento…
Tradimento ..!

Fermate tutto …!

C'è stata una soffiata e ci hanno fottuto di santa ragione.

Ritornate di corsa tutti indietro.

Ci hanno rubati.

Rapinati, cornuti e bastonati.

Chi è stato…?

Chi è stato?

Quale infame traditore mi ha fatto questo sgarbo?

Dov'è Ramunnu il picciotto mio del mio cuore?

Fatelo venire subito perché mi deve raccontare nei particolari ogni cosa.

Non mi costringete a gridare che voce non ne ho più.

Questo tradimento col sangue si pagherà.

Parola d'onore.

Ramunnu…!

Ramunnu…!

Dove sei?

I miei soldi …?

I milioni di euro che fine hanno fatto?

E la merce che mi dovevano consegnare dov'è?

Disgraziati, mi hanno rubato…!

Gliela farò pagare fino all'ultimo centesimo.

Chi si mette contro don Felicino trova la morte certa.

Dov'è il mio figliolo Ramunnu?

Voglio parlargli.

Mi deve dire come sono andati i fatti.

Voglio, adesso, in questo minuto, riuniti tutti i picciotti incaricati in questa operazione.

Voglio sapere tutto.

Ramunnu…!

Ramunnu….

Dov'è il mio fidato figliolo?

(Ma comu? Ci rispusi tuttu preoccupatu.

Com'è possibili ca si fici u carricu se u me camioncinu u mannai appena cincu minuti fa?

Tradimentu …!

Patri, Patrinu e Patruni

Tradimentu!
Firmati tuttu!
Ci fu na suffiata e ni futteru di santa ragiuni.
Turnati tutti annarrè pirchè fommu rubati.
Rapinati, curnuti e vastuniati.
Cu fu?
Cu fu?
Quali infami tradidituri mi fici stu sgarbu?
Unn'è Ramunnu u fighizzu miu du cori?
Facitilu viniri subitu ca m'ha cuntari, pi filu e pi segnu, ogni muvimentu ca si fici.
Nun mi costringiti a gridari ca vuci nun n'haiu chiù.
Chistu tradimentu cu sangu si pagherà.
Parola d'onori di don Filicinu.
Ramunnu!
Ramunnu… unni si?
I me sordi?
I miliuna di euru chi fini ficiru e a roba ca m'havivanu a cunsignari un'è?
Disgraziati m'arrubaru!
Ma ci fazzu paiari centesimu pi centesimu e cu sangu!
Cu si metti contra a don Filicinu sulu a morti ci trova.
Parola mia!
E quannu dugnu a porola, pi chiddu ca m'ha fattu u tortu, nun cè chiù scampu.
Dicitimi unn'è u me fughiuzzu Ramunnu!
Cu iddu vogghiu parrari.
Iddu m'ha diri comu eru i cosi.
Vogghiu ora, ni stu minutu, all'istanti, riuniti tutti i picciotti incaricati di st'operazioni.
Vogghiu sapiri tuttu.

Ramunnu!
Ramunnu …
Unn'è u me fidatu figghiuzzu!

Patri, Patrinu e Patruni

[Don Felice delira ed impreca per quest'operazione finita male in cui, qualcuno, qualche traditore, gli aveva soffiata quella partita di merce che lui chiamava "gamberoni". Dopo questo racconto sfogo, riprende a narrare]

Passata appena mezz'ora, si vide spuntare, in casa del pezzo di novanta, il fidato Agustinu.

"Come mai hai fatto così veloce?
Che cosa hai saputo?
Parla e non stare in silenzio!
Arrabbiato come sono, potrei spaccare pure le mura di questa casa.
E perché assieme a te non c'è il figliolo mio Ramunnu?
Come mai non è qui davanti a me?
Lui che è stato sempre l'ombra mia adesso se ne sta lontano?
Che cosa sta facendo?
Qual è la cosa importante che gli impedisce a farmi il resoconto su quello che è capitato?
Parla Agostino.
Raccontami tutto, per carità di Dio…!"

(Comu mai facisti accussì lestu?
Chi vinisti a sapiri?
Parra e nun stari mutu!
Incazzatu comu sugnu putissi spaccari puri i mura di sta casa.
E pirchì cu tia nun c'è u fughiuzzu miu Ramunnu?
Comu mai nun è cà davanti a mia?
Iddu ha statu a me ummra e propriu ora si ni sta luntanu?
Chi sta facennu?
Qual'è a cosa importanti ca c'impedisci di farimi u resocuntu di tuttu chiddu ca successi?
Parra… Agustinu
Cuntami tuttu pi carità di Diu)

"Don Filicinu, veramente le volevo dire…
Non trovo le parole…
Non posso parlare!

Non mi sento..."

(Don Filicinu, veramenti ci vuliva diri….
Nun trovu i paroli…
Nun pozzu parrari!
Nun mi sentu…)

"Con me ti rifiuti di aprir bocca?
Vedi che prendo la rivoltella e te la scarico addosso così non parlerai
per sempre… per davvero.
Aprila questa bocca di minchia!
Parla e dimmi…!
Altrimenti…!"

(Cu mia ti rifiuti di apriri a vucca?
Vidi ca pighiu a rivoltella e ta scaricu tutta di supra accussì nun parri
pi sempri… pì daveru.
Rapala sta vuccazza di minchia.
Parra e dimmi…!
Mansennò…!)

"Se è la verità che vuole…!
Gliela dirò tutta ma vossia non se la deve prendere con me che non
ho alcuna colpa.
Quello che chiama il suo fligliolo…
Le dico che…"

(Se è a virità ca voli…!
A vogghiu diri tutta ma vossia nun si l'havi a pigghiari cu mia ca nun
ci curpu nenti.
Chiddu ca chiama u so figghiuzzu….
Ci dicu ca….)

" Parla disgraziato!
Dimmi la verità e non nascondermi neanche una virgola che è peggio
per te!
Te lo dico davanti a tutti questi picciotti.

Se ometti qualcosa la pagherai cara.
E allora…!

(Parra disgraziatu…
Dimmi a virità e nun m'ammucciari mancu na virgula ca è peggiu pi tia.
Tu dicu davanti a tutti sti picciotti ca se m'ammucci quarche cosa, sarà peggiu pi tia…
E allura)

"Le stavo dicendo che Ramunnu…
Da quel che risulta…
Da quello che mi hanno riferito…
Non si trova in giro… don Filicinu…!
Come glielo devo dire…
Non è con i nostri…"

(Ci stava dicennu ca Ramunnu…
Di chiddu ca si dici…
Di chiddu… ca m'hanu riferitu…
Nun si trova in giru… don Filicinu…!
Comu ci l'haiu a diri?
Nun è chi nostri….)

"Che mi vuoi dire che è morto il figliolo mio?
Hanno ammazzato l'uomo fidato di don Filicinu?
Gli hanno forse sparato mentre ritirava la partita di merce?
Gli è capitata una disgrazia?"

(Chi mi vo diri ca morsi u figghiuzzu miu?
Hanu ammazzatu l'homu fidatu di don Fililicinu?
Ci spararu mentri ritirava a partita di merci…?
Ci capitò na disgrazia?")

"Veramente non è proprio così…!"

(Nun è propriu accussì!)

"E com'è allora?
Parla disgraziato una volta per tutte...!"

(E com'è, allura?
Parra disgraziatu na vota pi tutti!)

"La vuole sapere proprio la verità?
È stato Ramunnu che è venuto al porto, mezz'ora prima, si è preso il carico della merce e se n'è scappato col furgoncino che noi sapevamo fosse il nostro, quello suo, don Filicinu.
Ci ha tradito...
Adesso conosce la verità.
Se n'è scappato con tutta la merce e non sappiamo dove si trova!"

(A voli sapiri proriu a virità?
Fu Ramunnu ca vinni o portu, mezz'ura prima e si pighiò u carricu da merci e si ni scappò cu furgoncinu ca nui sapevamu fussi u nostru chiddu soi don Filicinu.
Ni tradì....
Ora u sapi comu i cosi iru!
Si nni scappò cu tutta a merci e nun sapemu unni si trova!)

"Come?
Che cosa hai osato dire?
Disgraziato, disonesto ed infame sei!
Dici queste cose per invidia e gelosia.
Come osi parlare male del mio figliolo Ramunnu?
Queste accuse di tradimento...?
Con lui...?
Mai potrò crederci.
Né adesso né mai!
Teh ...!
Pigliati questi schiaffi e questi pugni.
Non ti dovevi permettere di nominare senza rispetto il nome di Ramunnu.
Come lui non esistono uomini onesti, seri e fidati.

Picciotti... ditemelo voialtri che Austinu si è sbagliato e dice una menzogna, un'infamità!
Ma tu Austinu, me la pagherai cara per aver gettato fango sul nome del mio figliolo!
Gridatemelo tutti voi che Austinu sta mentendo.
Che dice una minchionata e un'infamità!

[pausa]

E ora perché state abbassando la testa?
Perché ve ne restate muti con queste facce gialle come se fossero quelle della morte?
Non è vero e non ci credo che Ramunnu mi ha fatto questo torto.
Non ci credo... neanche se me lo dice il Papa in persona...
Ntoniuzzu...!
Tu che sei stato vicino a Ramunnu e che sei amico suo...
Dimmelo tu che mi stanno riferendo menzogne...!
Questi farabutti mi vogliono far venir un infarto.
Quando viene e quando arriva Ramunnu?
Perché tarda?

(Comu?
Chi dicisti?
Disgraziatu, disonestu e infami!
Mi cunti sti cosi pi invidia e gilusia.
Comu osi parrari mali du me figghiuzzu Ramunnu?
Sti ipotesi di tradimentu?
Cu iddu?
Mai ci cridu.
Ne ora né mai!
Teh..!
Pighiti sti schiaffi e sti cazzotti.
Nun t'haviva a pirmettiri di numinari malamenti u nomi di Ramunnu.
Comu a iddu nun esistunu homini onesti, seri e fidati.
Picciotti dicitammillu vuautri ca Austinu si sta sbagghiannu e dici na minzogna, na infamità!

Ma tu Austinu ma pagherai cara, pi averi ittatu fangu supra u nomi di me figghiuzzu!
Dicitammillu vuautri picciotti ca Austinu sta mintennu.
Ca dici na minchiunata e na 'nfamità!

....
E ora pirchì statu calannu tutti a testa 'nterra?
Pirchì vi ni stati muti cu sti facci comu si fussiru chiddi da morti?
Nun è veru e nun ci cridu ca Ramunnu mi fici stu tortu!
Mancu si veni u Papa in pirsuna...
Ntoniuzzu...!
Tu ca ha statu vicinu a Ramunnu e ca si amicu soi.
Dimmillu ca stanu dicennu minzogni!
Sti farabutti mi vonu fari veniri n'infartu.
Quannu torna e quannu arriva Ramunnu..?
Pirchì tarda?)

"Don Felicino - rispose 'Ntoniuzzu - Austinu dice la verità.
Mi dispiace per vossia ma gli amici non le hanno riferito una bugia ma la santa verità!
I fatti sono questi e non si possono cambiare.
Ramunnu non solo è scappato e si è preso la merce mettendola nel furgoncino, ma anche i soldi che vossia gli aveva dato se li è portati.
Li ha rubati... insomma.
Non soltanto si è fottuto la merce, pure i soldi e ci ha fatto tutti cornuti e bastonati."

(Don Filicinu - rispose Ntoniuzzu - Austinu dici a virità.
Mi dispiaci pi vossia ma l'amici non hanu dittu na bugia ma a santa verità!
I fatti sunu chissi e nun si ponu cangiari.
Ramunni nun sulu scapò e si pigghiò a merci mittennula nu so forgoncinu, ma puri i sordi ca vossia c'havia datu sulu a iddu, si purtò.
Si li è fottuti insumma!
Si futtì a merci e puri i dinari; ni fici curnuti e bastuianti a tutti.)

"A tutti?

A me lo ha fatto questo grande inganno!

Doppio… Triplo…

Troppo grande.

Era considerato il meglio dei miei picciotti ed invece mi ha fatto un tranello.

Che piacere si è voluto passare facendo a don Filicinu, considerato come suo padre, un simile inganno!

Lui lo sa che con me ci perde!

Nessuno può mettersi contro!

Il saggio proverbio dice che, chi di spada ferisce, di spada perisce!

Si crede che la partita di quella buona merce che stava per me se ne possa impossessare tranquillamente…

Se è questa la santa verità, vi dico che si sbaglia e di grosso.

Non può mai esser una cosa simile.

Fare un torto a don Filicinu così grande?

Nella sua testa, crede, forse, che così facendo, di mettermi in cattiva luce e vuole cominciare e prepararsi il terreno per la mia successione.

Mi fa un baffo quel grande disgraziato se la pensa così!

Eppure ha voluto provarci e crede di fare i suoi porci comodi a spese mie!

La merce e i denari miei, non vi preoccupate voi picciotti…

Ve lo assicuro che torneranno nei miei magazzini e nelle mie tasche.

La roba mia è mia!

Nessuno me la può levare neanche se fosse la santa donna di mia madre e se lo facesse, non perdonerei neanche lei.

Chi mi fa un torto, ha le ore contate, fosse pure la persona più amata al mondo.

Non perdono nessuno!

Adesso andatevene che desidero stare solo e mi devo programmare la giornata per domani, con gli altri amici miei della città.

Devo sapere come mi devo organizzare per farmi riportare, ai miei piedi, quello che, in modo infame, mi fu tolto.

La roba la voglio pure lavata col sangue.

Pulita e vendicata da chi mi ha voluto fare uno tradimento imperdonabile.

Levatevi voi davanti ai miei occhi.

Oramai si è fatto tardi e mi devo preparare.

Vi saluto a tutti e vi ringrazio per quello che avete fatto con tanta devozione e impegno col rischio della vostra vita.

Domani vi farò sapere…"

(A tutti?

Sulamenti a mia u fici stu granni tradimentu!

Duppiu… triplu…

Troppu granni.

Era consideratu megghiu di un figghiuzzu miu e mi fici stu tranellu?

Chi piaciri si vosi passari a sgarrari cu don Filicinu, consideratu comu so patri e fari st'ingannu!

Iddu u sapi ca cu mia c'appizza!

Nuddu ci po'!

U santu proverbiu iu dici puri ca cu di spada ferici, di spada perisci!

Si cridi ca a partita da bona roba ca stava pì mia s'havissi a impossissari iddu.

Se è chista a santa virità vi dicu ca si sbaghiò e di grossu.

Può essiri mai na cosa simili?

Fari un tortu a don Filicinu accussì sfacciatamenti?

Iddu, na so testa cridi forsi, ca accussì facennu, mi metti in cattiva luci e comincia a priprararisi u terrenu pa mia successioni.

Mi fa ridiri ddu gran disgraziatu si pinsava chissu!

Eppuri ci vosi pruvari e cridi di fari i so porci comodi a spisi mia!

A merci mia e i dinari mia, nun haviti pinzeri vui picciotti, vi l'assicuru, ca tornuni tuttu ni me magazzini e ni me sacchetti.

A roba mia è mia!

Nuddu ma leva mancu a santa donna di me matri e se u facissi nun pirdunassi mancu a idda.

Cu mi fa un tortu havi l'uri cuntati fussi puri me matri.

Nun pirdunu a nuddu.

Ora itivinni, ca vogghiu stari sulu e m'haiu a programmari a iurnata di dumani cu l'autri amici mei da città.

Haiu a sapiri comu m'ha regolari pi farimi purtari, e me pedi, chiddu ca in modu infami mi fu livatu.

Ma a roba a vogghiu puri lavata cu sangu.

Pulita du tradimentu e vendicata da cu mi vosi fari stu sgarbu imperdonabili.
Ora livativi tutti davanti i me pedi.
Oramai si fici troppu tardi e m'haiu organizzari.
Vi salutu a tutti e vi ringraziu di chiddu c'haviti fattu cu tanta devozioni e impegnu cu rischiu da vostra vita.
Dumani vi fazzu sapiri …)

"Don Filicinu – mi disse Ntoniuzzu – Mi dispiace veramente!
Mi dispiace per il tradimento.
Insomma mi dispiace per la delusione… di chi consideravate un figlio.
Mi spiace per tutto…
Disponga di me, della mia vita e della mia morte.
Comandatemi ed io corro."

(Don Filicinu - disse Ntoniuzzu - mi dispiaci veramenti!
Mi dispiaci pu tradimentu..
Mi dispiaci pa delusioni… pi chiddu ca consideravati u figghiuzzu di vostra fiducia…
Insumma mi dispiaci pi tuttu…
Dispuniti supra di mia, da me vita e puri da me morti.
Cumannati ed iu curru.)

"Certo! - Aggiunse Austinu -
Stanotte non chiuderemo occhio nessuno di noi qui presenti.
È vero ragazzi?
Attendiamo i vostri comandi se mai ce ne fosse necessità.
Svegli staremo!
Aspettiamo la decisione ed il suo volere don Filicinu!
Le baciamo le mani!
Si rassereni…
Buonanotte…"

(Certu! Aggiunse Austinu.
Stanotti nun chiudemu occhiu nuddu di nui ca presenti!
Veru picciotti?

Aspittamu i cumanni di vossia semmai ci ni fussi necessità.
Svighi stamu!
Aspittannu a decisioni e u vuliri sua don Filicinu.
Ci baciamu le mani.
Si rasserenassi...
Bonanotti...)

[interviene il professore, interrompendo il racconto]

- Don Filicinu, arrivati a quest'ora e con questo dispiacere
che il ricordo le ha procurato, non mi sento di restare oltre.
Mi faccia accompagnare dal suo autista a casa e domani, le
prometto, sarò puntuale e mi metterò pronto a sua disposizione per
tornare da lei e seguire il suo racconto.
Non se la prenda per questa sua grande delusione!
Oramai ne è passato di tempo!
Eppure, vedo che ancora ricorda tutto con rammarico e dispiacere...
Domani mi dirà com'è andata a finire.
Non ci pensi!
Piuttosto dimentichi.
Buonanotte.

[Il mattino seguente il professore si fa trovare pronto e l'autista non fa
in tempo a bussare che gli apre la porta di casa e gli va incontro.

La chiude alle sue spalle ed entrambi salgono in macchina.

Lungo il tragitto che li conduce da don Filicinu, l'autista Pasqualinu,
accennando il discorso della sera prima in cui era stato presente,
prende parola]

- Il capo non può pensare a quel dannato tradimento.
Si sente che ancora ha nel cuore Ramunnu, come se fosse
veramente suo figlio.
Che strazio sentirlo parlare in quel modo, da far venire una grande
pena.

Quello, invece, non ha avuto pietà e il tradimento lo ha fatto per denaro e per il potere, fottendosene del vincolo di onore e di affetto.
Professore, si accomodi che siamo arrivati.
Il capo la sta aspettando ed ha pronta per lei la tazza di caffè.

(Ancora u boss nun ci po' pinzari di ddu granni tradimentu.
Si senti ca ancora ci l'havi nu cori a Ramunnu comu si fussi veramenti so figghiu.
Chi straziu sintillu parrari ni ddu modu ca viniva a pena.
Ma chiddu, inveci nun n'eppi pietà e u tradimentu u fici pi sordi e pi puteri, futtennisi di vinculi d'onuri e d'affettu.
Prefessuri, s'accomodassi ca arrivati semu!
U capu a sta spittannu e havi pronta a tazzina di cafè pi lei.)

- Buongiorno don Filicinu!
Lo vede quanto sono puntuale?
La parola è parola!
Sono pronto a ricominciare a scrivere la sua storia dal punto in cui l'abbiamo lasciata in asso ieri sera.
Come ha trascorso la notte?
Ha dormito bene?

(Bongornu don Filicinu!
U vidi chi puntualità è a mia?
A parola è parola!
Sugnu prontu a ricominciari a scriviri a so storia ni ddu puntu lassatu in tridici ieri sira.
Comu passò a notti?
Durmiu bonu vossia?)

- Che dormire e dormire...!
Dopo di quello che le ho raccontato ieri sera si è riaperta una ferita e non ho avuto modo di chiudere occhio.
Stamattina mi sento stonato.
Adesso prendiamo una bella tazza di caffè così ci risveglieremo meglio!
Che ne pensa?

(Chi dormini e dormiri!
Dopo chiddu ca ci cuntai arsira si rapì a me firita e non eppi modu di chiudiri occhiu.
Stamatina mi sentu stunatu.
Ora ni pigghiamu na bedda tazza di cafè l'unu accussì ni risbighiamu megghiu!
Chi ni pensa?)

- Bellea idea!
Non ho avuto il tempo di far colazione a casa proprio per essere puntuale con lei.

[prendono il caffè]

Allora mi dica!
Adesso che ci siamo rinfrancati, riprendiamo da dove abbiamo lasciato?

- Certamente.
Non è facile per uno come me scordare il tradimento, la fiducia, lo sgarro, il furto, la grande mancanza di rispetto fattami da Ramunnu, considerato figlio mio, come di sangue.
E poi che figura mi ha fatto fare davanti ai miei picciotti?
Lui era tutto per me.
Le mie braccia, i miei occhi, le mie mani e pure la mia bocca.
Si rende conto, professore mio, che sventura mi è caduta addosso?
Poi, passati i giorni che ho considerato di lutto, fui costretto rassegnarmi e mi sono fatto coraggio.
Quel ragazzo me lo sono strappato con tutta la mia forza dal mio cuore.
Me lo sono tolto dal petto e dalla mente.
Mi convinsi che oramai non esisteva più un giovane di nome Ramunnu.
Dopo tutto questo travaglio, cominciai a pensare, per prima cosa, alla vendetta e poi come recuperare la merce e i denari rubati.

Chi si è voluto macchiare di tale infamità doveva fare la fine che meritava!

Come il peggiore verme della terra.

Peggio di Giuda Iscariota fu!

Un tradimento simile non me lo sarei neanche sognato.

Il suo destino oramai era preparato.

In questa faccia della terra uno di noi doveva scomparire.

E lui doveva essere!

Stavolta, invece di chiamare gli amici miei in casa, sono voluto andare io di persona.

Mi sono scomodato.

Mi sono fatto accompagnare dal mio autista Pasqualino a Palermo, e proprio quel giorno, sono andato a trovare il mio compare don Vincenzino, soprannominato "lo sciancato", della cupola regionale.

Un pezzo grosso che comandava una bella fetta di territorio, dal grande potere.

Gli portai pure il regalo del matrimonio.

Approfittai di quest'occasione, giacché quel giorno si sposava la sua figliola Rosalia con un emergente picciotto di una grossa famiglia di Bagheria.

Non feci in tempo ad assistere al matrimonio nella chiesa di S. Domenico.

Però, in compenso, mi presentai, con mia moglie Cristina al Palazzo Butera, per il trattenimento di gran lusso.

Appena mi vide, don Vincinzinu, mi venne incontro facendomi una gran festa come un fratello.

Mi ha abbracciato e baciato con affetto, quello veramente sentito, che va di là del legame d'onore.

Anche mia moglie fu accolta con tanta affettuosità da parte di donna Agatina, la consorte di don Vincenzino.

Mi sentivo come se fossi in casa mia e con i miei parenti.

Ho ritrovato gli amici e i compari che non vedevo da tanto tempo.

Erano felici gli sposini che sembravano due colombi in festa ed avevano negli occhi la gioia e la spensieratezza che solo in quel giorno si può provare.

Anch'io ho voluto baciare Rosalia.

Mi ha fatto tanto piacere, perché era da piccola che non la vedevo, ed adesso, appariva come una Madunnuzza radiosa.

Al suo giovane sposo Liborio, gli ho voluto fare i complimenti e gli auguri, non solo per quella bella moglie, ma gli ho raccomandato d'essere fedele ed accorto nei suoi confronti.

Don Vincenzino, dopo, volle accennarmi alla disgrazia del tradimento da me subito.

Mi disse alle orecchie mentre mi abbracciava.

(Certamenti.

Nun è facili, pi unu comu a mia scurdari un tradimentu, a fiducia, u sgarbu, u furtu, a mancanza granni di rispettu fatta da Ramunnu, consideratu figghiu miu comu di sangu!

E poi, chi figura ci fici davanti e me homini?

Iddu era tuttu pi mia!

I me razza, i me occhi, i me manu e puri certi voti a me vucca.

U voli capiri o no, prefissureddu du me cori, chi svintura mi capitò?

Ma poi, passati i iorna ca iu vosi cunsidirari di luttu, pi forza fui costrettu a rassignarimi e mi fici curaggiu.

Ddu figghiu, mu strazzai cu tutta a me forza du me cori.

Mi lu livai du me pettu e da me menti.

Mi cunvinsi ca oramai nun esistiva chiù nu picciottu di nomi Ramunnu.

Dopo tuttu stu travagghiu, cuminciai a pinsari, pi prima cosa a vendetta e poi a comu recuperari a merci e i dinari rubati.

Chiddu ca si vosi macchiari di tali infamità haviva a fari a fini ca meritava!

Come u chiù tintu vermi di sta terra.

Peggiu di Giuda Iscariota fu!

N'infamità simili nun mi l'havissi mai sugnata.

U so destinu oramai l'havia priparatu.

Ni sta faccia di sta terra unu di nui haviva scumpariri.

Era facili è logiciu ca iddu haviva essiri!

Stavota, inveci di mannari a chiamari l'amici mei e farli viniri nu me piasi e a me casa ci vosi iri iu in persona.

Mi vosi scumudari propriu.

Mi fici accumpagnari du me autista Pasqualinu in Palermu e propriu ddu iornu, andai a truvari u me cumpari don Vicinzinu, suprannominatu "u sciancatu", da cupola regionali.

Un pezzu grussu da città, chiddu ca cumanna na grossa fetta di tirritoriu e havi puteri ni so manu.

Ci vosi purtari puri u rialu di matrimoniu.

Approfittai, pi non fari vidiri ca ci iva apposta, vistu ca era u iornu in cui a so figghiuzza Rosalia si maritava cu nu picciottu emergenti di Bagheria.

Nun fici in tempu ad assistiri u matrimoni na chiesa di San Domenico, però, in compenso, mi presentai, cu me muggheri Cristina, a Villa Butera, pu trattenimentu di gran lussu e sfarzu.

Appena mi visti, don Vicinzinu, mi vinni incontru e mi fici na gran festa comu si fussi me frati.

M'abbrazzò e mi vasò cu tantu affettu, chiddu sinceru, oltri o ligami, tra di nui, da parentela d'onuri.

Puri me muggheri fu accolta cu tutta a cuntintizza mai avuta, da parti di Agatina, a consorti di don Vicinzinu.

Mi sintiva comu si fissu a me casa e chi me parenti.

Rivisti l'amiciuzzi e i cumparuzzi ca nun vidiva di tempu.

Erunu filici ddi beddi sposini ca parivanu du colombi in festa e havivanu, ni l'occi, a gioia e a spensieratezza meravilgiusa ca sulu ni ddu iornu si pussedi.

Iu puri a vosi vasari a sposa Rosalia.

Mi fici tantu piaciri pirchì di picciridda a canusciva e pariva na madonnuzza di quant'era luminusa di gioa e di filicità.

O so giovani mariteddu Liboriu, ci vosi fari i complimenti e l'auguriu, nun sulu pi dda bella fimmina maritata, ma ci vosi raccumannari d'essiri fedeli e accortu cu dda sposa radiusa.

Don Vicinzinu, dopu, vosi accennari a disgrazia du tradimentu da me subìtu.

E mu dissi all'oricci, mentri m'abbrazzava)

"Ne sono addolorato per quello che ti è capitato.

Se non fossi venuto ti avrei cercato fino al tuo paese.

Dovevo parteciparti il mio dolore per quella disgrazia di Ramunnu.

Allontaniamoci da qua e approfittiamo che c'è confusione per appartarci."

(Ni sugnu adduluratu pi chiddu ca ti capitò.
Si nun fussi vinutu, ti viniva a circari 'nzinu o to paisi.
T'haviva a diri quantu duluri mi purtò ddu fattu.
Alluntanamini di cà e approfittamu ca c'è confusioni di tutti sti centinaia di ospiti e mittemuni suli ni na stanza, a parrari sutta vuci.)

Siamo entrati in un gran salone di quel palazzo che aveva le pareti affrescate e stucchi dorati, dalla bellezza impressionante ed austera.

Quadri alle pareti, con figure di nobili del settecento, ottocento, che guardano dall'alto con quella severità espressiva, come se fossero i giudici del tribunale.

C'è pure un gran camino e poca mobilia antica con tavoli intarsiatie scolpiti; sedie di quell'epoca settecentesca che, data la delicatezza e la bellezza, sembrano opere d'arte e dispiaceva pure utilizzarle per non sciuparle.

Lì dentro ci siamo intrattenuti, in penombra, tra l'imposta semichiusa che conduce alla terrazza, ove sono già apparecchiati i tavoli con tutti quei tipi d'antipasti da far risuscitare pure i morti da quanto sono invitanti e stuzzicanti.

Compare Vicinzinu poi ha preso la parola:

"Amico mio Feliciuzzo non c'è bisogno che mi dica nulla.
So tutto per filo e per segno.
Mi spiace per il tradimento non tanto per i soldi che nel nostro mestiere vanno e vengono e che sempre in second'ordine abbiamo tenuto a confronto con la mancanza di parola, il tradimento, la pugnalata alle spalle.
Quella persona che tu stai cercando, te lo svelo io dove si nasconde."

(Amicu miu Filiziuzzu nun c'è bisognu ca mi dici nenti.
Sacciu tuttu e pi filu e pi segnu.
Mi dispiaci pu tradimentu e nun tantu pi sordi ca nu nostru misteri vanu e venunu.
I dinari, sempri di secund'ordini hanu vinutu, quannu c'ha statu prima na mancanza di parola, nu tradimentu, na vera pugnalata e spaddi.
Chidda pirsuna ca tu cerchi tu dicu iu unni s'ammuccia…)

"Veramente grazie per la vicinanza che mi state dimostrando in quest'occasione così delicata, caduta sulle mie spalle, all'improvviso e con tale gravità.
Purtroppo, nel nostro mestiere, non solo ci dobbiamo tutelare nei confronti delle forze dell'ordine e dei nostri dichiarati nemici.
Ci tocca preoccuparci, soprattutto, dei nostri amici, quelli che ci stanno attaccati alle costole e che vivono con noi, che ci dicono d'amarci come padri.
Sono proprio questi che poi ci tradiscono e ci ammazzano alle spalle.
Comunque…
Oltre che per vederti e partecipare a questa bella cerimonia, sono venuto per sentire direttamente dalla tua stessa voce dove quel traditore si trova… si nasconde.
Lo devo stanare e gli devo fare uscire il sangue dalla bocca e dal cuore, perché mi deve spiegare il motivo della sua vigliaccata.
La morte che merita deve fare!
Non c'è via d'uscita."

(Grazi caru cumpari!
Veramenti grazi pa vicinanza ca mi statu dimustrannu ni st'occassioni accussì dilicata ca mi cascò supra a me testa all'improvvisu.
Putroppu nui nun sulu n'hama a dari accura i spaddi di forzi dill'ordini e di nostri nemici!
Ni tocca puri preoccupari soprattutto di nostri amici, di chiddi ca stanu attaccati o sciancu a nui, ca vivunu cu nui e ca ni dicinu ca ci amanu comu patri e ca ni rispettamu e n'aduramu comu i nostri fighi!
E sunu propri chisti ca poi n'ammazzanu e spaddi.
Comunque …

Oltri pi vidiriti e parteciapri a sta bedda cirimonia, vinni propriu pi sintiri da to stessa vuci diretammenti unni chiddu tradituri si trova … s'ammuccia.
L'haiu a stanari e c'haiu a fari nesciru u sangu da vucca e du cori pirchì m'hava a spiegari u motivo da vigliaccata ca mi fici …
A morti ca merita hava a fari…
Nun c'è dubbiu!)

"Giusto dite compare mio!
In questi casi si deve dare l'esempio inequivocabile e noi tutti ti aiuteremo e ti saremo solidali.
Se permettiamo a qualsiasi minchione di fare ciò che vuole e lasciamo sotto gamba questo tradimento infamante perdiamo il nostro onore.
Non si può consentire a un affiliato di metterci i piedi in faccia e rubare in casa nostra.
Che esempio daremmo?
Non possiamo assolutamente lasciar perdere.
Diversamente crollerebbe la nostra organizzazione.
Anzi la vendetta dovrà essere esemplare e plateale.
Più sanguinosa sarà e meglio risulterà l'effetto."

"Compare Vincenzino, voi sapete bene dove si nasconde quel falso ingannatore della mia famiglia.
Dove si trova in questo momento Ramunnu?
Ditemelo."

(Cumpari Vicinzinu, vui sapiti benu unni s'ammuccia
chiddu farsu ingannaturi da me famigghia.
Unni si trova ni stu momentu Ramunnu?
Dicitammillu.)

"Non fu facile saperlo!
Conosco la zona ma con precisione…
Avvicinati gli orecchi…
Ti dico, amico mio fedele, che quello si è rifugiato in mezzo le montagne, lì sopra le Madonie.

Tra le foreste si sente protetto perché tra quei fitti alberi si sa destreggiare come fosse un capriolo e nello stesso tempo sa essere come un falco che controlla il suo territorio come se volasse in quel cielo.

Da povero illuso si crede che noialtri non possiamo stendere le mani dove vogliamo.

Crede d'uscirne vittorioso.

Crede che con la bravata che ha fatto rubando il carico che soldi, se la possa passare liscia.

È un illuso.

Non sa che noi, se vogliamo, gli facciamo fare la fine del coniglio.

Carissimo don Filicinu, io che governo quelli della cupola delle province della nostra amatissima isola, ho già detto agli amici nostri che, per adesso, non si devono muovere e neanche spostare una foglia.

Devono far finta di nulla, come se una minchia fosse successa!

Lui si deve sentire sicuro e certo nel suo nascondiglio e non deve mai capire che noi lo vogliamo cercare e neanche percepire d'essere braccato.

Non dobbiamo fargli sentire il nostro fiato sul collo.

Lasciamolo libero e tranquillo.

Facciamolo rilassare perché in questo momento si trova allertato e spaventato di una possibile giusta reazione da parte di coloro cui ha fatto il torto, in particolare da voi, compare Filicinu!

Lasciatelo in pace, per un poco di giorni.

Col tempo, s'innervosirà e gli brucerà il culo, prima o poi.

Sarà lui stesso a mettersi nelle nostre mani e cadere, come un polpo, nella trappola.

L'ho detto a tutti i capi da cupola delle province, quest'altra cosa già accennata prima.

Noi dobbiamo rimanere fermi e quieti

Il privilegio di muoversi, reagire e sistemare la faccenda, spetta all'amico nostro don Filicinu.

Solo quando voi decidere, saremo pronti a darvi una mano, se volete.

Lasciamo risolvere la questione a voi.

A noi tocca solo metterci da parte, stare in silenzio e aspettare.

Comparuccio mio!
Queste cose ho detto agli amici miei…
Adesso conosci come tutti noi la pensiamo in tutta la regione.
Rimettiamo nelle tue mani l'iniziativa.
A te spetta il privilegio di iniziare…
Se tu non vorrai niente si muoverà!"

(Na parola fu truvalu!
Sacciu a zona cu assoluta precisioni…
Avvicinati l'oricci …
Ti dicu, amicu miu fideli, ca iddu s'è rifugiatu 'nmezu i muntagni…
dda supra ne Madunie!
Ni foresti si senti prutettu pirchè tra ddi fitti arburi si sapi arriminari e
si destreggia comu fussi un agili capriolu e nu stissu tempu, sapi
essiri un falcu comu si contrullassi u so territoriu du cieli.
Iddu, poviru illusu, chi si cridi ca nuautri nun putemu stenniri a manu
unni vilumu?
Si reputa intelligenti, si senti vitturiusu e impipirigghiatu.
S'illudi ca a spirtizza ca fici arrubbannu u carricu e i sordi, sa passa
liscia.
Poviru illussu!
Nun sapi ca si vulemu ci facemu fari a fini du cunighiu?
Carissinu don Filicinu, iu ca cuvernu chiddi da cupola di province da
nostra bene amata isula, c'haiu dittu a l'amici nostri, ca pi ora, nun
s'hana a moviri e nun n'hana a spustari mancu na foghia.
Hana a fari finta di nenti come si na michia fossi successa!
Iddu, s'ha sintiri sicuru e certu nu so nascundigliu e nun hava mai
capiri ca nui u vulemu circari e nun s'hava a sentiri mancu braccatu.
Nun c'havimu a fari sentiri u nostru sciatu nu coddu.
Lassamulu libiru e tranquillu.
Facemulu rilassari pirchì, ni stu mumentu, si trova allertatu e
scantatu di na possibili e giusta reazioni da parti di chiddi a cui ci fici
nu malu tortu, in particolari, di vui cumpari Filicinu!
Lassatalu stari pi na picca di iorna.
Cu tempu, s'innervosirà e ci brucierà u culu prima o poi.
Sarà iddu stissu a mittirisi ni nostri manu e cascari comu nu purpu,
na nostra riti.

Iu u dissi a tutti i capi da cupula de provinci puri st'autra cosa.
Nui n'hana a stari fermi e quieti...
O nostru postu...
U priviliggiu di movirisi, reagiri e sistimari a faccenna, tocca a l'amico nostru don Filicinu.
Sulu quannu vui diciditi, nui saremu pronti a darivi na manu, si vuliti ...
Lassamu fari a cosa a vui.
A nuautri tocca mittirini da parti, fari pipa e aspittari.
Cumparuzzu miu!
Chisti cosi c'haiu dittu a l'autri amici mei.
Ora sai e canusci comu tutti nui a pinsamu in tutta a regioni.
Rimittemu ni tò manu l'iniziativa.
A tia spetta cuminzari e iniziari.
Si nun voi tu nun s'arrimina mancu na foghia.)

"Grazie don Vincenzino!
Ti voglio abbracciare e ringraziare.
Tu sì che sei un vero amico mio.
Nelle disgrazie si vedono gli amici e tu hai dimostrato che sei per davvero un capo che merita il rispetto e la devozione grandissima da parte di tutti noi che agiamo in quest'isola bella e profumata.
Mi commuovo per quello che mi avete detto e per quanto svelato e confidato.
Adesso che so dove quel traditore si nasconde, mi organizzerò di conseguenza e risolverò, con le mie stesse mani, la mia disgrazia.
Se poi avrò bisogno, caro campare, ti domanderò aiuto e collaborazione.
Non preoccuparti che me la caverò con le mie forze e con i fedelissimi.
Questi sono disposti a tutto per riportare l'ordine e la pace che quel disgraziato ha messo in discussione nella mia cosca."

(Grazie don Vincinzinu!
Ti vogghiu abbrazzari e ringraziari.
Tu sì nu veru amicu miu.

Ni disgrazi si vidinu l'amici e tu ha dimustratru ca sì, pi daveru, nu veru capu ca merita u riuspettu e a devozioni chiù granni da parti di tutti nui ca agemu ni st'isula bedda e sciaurusa.
Mi commuovo pi chiddu ca haviti dittu e pi quantu m'haviti svilatu e cunfidatu.
Ora ca sacciu unni chiddu tradituri s'ammuccia m'organizzu di conseguenza e risolvo, chi me stissi manu, a me disgrazia.
Si poi n'haiu di bisognu, caru cumpari, ti dumannu aiutu e collaborazioni.
Ma nun ti preoccupari ca ma sacciu sbrigari senza problemi.
Che me forzi e chi me omini fideli.
Chisti sunu disposti a tuttu, pi riportari l'ordini e a paci ca ddu disgrazianu misi in discussioni na me cosca.)

"Fate come meglio riterrete opportuno compare mio!
Come vi aggrada.
Adesso sapete bene come la penso.
Non mi costa granché comandare cento uomini per farvi piacere.
Noi siamo persone che facciamo bene il nostro mestiere…
E poi… se non ci aiutiamo e ci diamo una mano tra di noi, non ha senso la nostra organizzazione.
La nostra forza è l'unione, il rispetto e la fratellanza.
Diversamente, il regno di Cosa Nostra comincerebbe a traballare.
Mai permetteremo che certi fatti facciano venir meno il rispetto e l'onore!
Noi capi abbiamo questo compito importante e delicato, ereditato dagli avi e perciò dobbiamo mantenerci fermi nei nostri propositi.
Non possiamo essere generosi e pietosi con chi non lo merita.
Comunque don Filicinu mio caro…
Fate come credete meglio e non abbiate alcun timore a riferirmi tutto quello che intenderete fare.
Se non m'informerete voi direttamente, lo verrò a sapere subito dopo.
Ciò che si smuove nella mia bella isola del sole, me lo vengono a riferire all'istante.
Adesso cosa dite…?
Andiamo a mangiare qualcosa?

Il rinfresco, l'aperitivo… sono già pronti e siamo in ritardo.
Se manchiamo per troppo tempo gli altri invitati si preoccupano.
Avviamoci verso la sala che voglio salutare la vostra simpatica consorte!
L'hai presa proprio fresca questa tua bellissima donna meravigliosa!
Complimenti sempre e non mi stanco mai di dirti quante belle parole ti meriti per la bellezza di tua moglie Cristina.
Si mantiene come fosse ancora una ragazzina.
Beato tu che sei stato fortunato."

Siamo tornati dagli invitati. E Vincenzino ha subito detto a mia moglie:

"Ecco… Cristina, la simpatica comare del mio cuore.
Di te stavamo parlando con tuo marito.
Proprio della mia bella comare che è così luminosa che sembra il sole nel cielo.
Tu sei la più bella donna siciliana, naturalmente, senza nulla toglierti, dopo mia moglie!
Mi devi scusare se dico così, altrimenti Agatina, la mia consorte adorata, mi terrà il broncio.
Voglio baciare la tua bella mano…
Dov'è mia moglie Agata?
Agatina… Agatuccia mia…
Avvicinati…"

(Faciti comu megghiu vuliti cumparuzzu beddu.
Comu vi fa piaciri!
Ora sapiti beni comu a pensu iu.
Nun mi costa nenti cumannari cent'homini pi farivi piaciri.
Nui semu genti ca facemu beni u nostru misteri…
E poi… se non n'aiutamu e ni damu na manu tra di nui, allura, chi esistemu a fari ni stu munnu?
A nostra forza è chista: l'unione, u rispettu e a fratillanza.
Diversamenti u nostru regnu di Cosa Nostra cumuinzassi a traballari.
Mai putemu pirmettiri ca certi fatti, fanu veniri menu u rispettu e l'onuri!

Nui capi havemu stu compitu importantu e delicatu, ereditatu de nostri avi e perciò n'hama a tiniri fermi ni nostri decisioni.
Nun si po' essiri ginirusi e pietusi cu chiddi ca vonu u nostru tracollu.
Comunque don Filicinu miu caru…
Faciti comu criditi megghiu e nun haviti preoccupazioni a riferirimi tuttu chiddu ca intinditi fari.
Si nu faciti vui o stessu u vegnu a sapiri subitu dopu, da autri amici.
Tuttu chiddu ca si smovi na me isola bedda du suli u vegnu a canusciri quasi all'istanti.
Ora chiffà!
Ni niemu a mangiari quarche cosa?
U rinfrescu, l'aperitivu…
Sunu pronti e semu già in ritardu!
Si mancamu pi troppu tempu l'autri invitati si preoccupanu.
Amuninni na sala ca vogghiu salutari a vostra bedda muggheri!
A trovasti propriu frisca e beddissima sta rara fimmina miravigliusa!
Complimenti sempri e nun mi stancu mai di diriti quanti beddi paroli ti meriti pa biddizza di to muggheri Cristina.
Si manteni comu fussi ancora na carusedda.
Beatu tu ca fusti furtunatu.
Eccu….
Cristina mia cummaruzza du cori!
Di tia stava parrannu cu tu maritu…
Propriu da bedda cummaredda mia ca è accussì luminusa ca pari u suli nu cielu.
Ti sì a chiù bedda fimmina siciliana, naturalmenti, senza nenti di livari e dopu di me muggheri!
M'ha a scusari si dicu accussì, pirchì se nò, Agatinedda, a consorti mia adurata, mi teni a fungia.
Ti vogghiu vasari sta bedda manuzza…
Un'è me muggheri Agatina?
Agatina…. Agatuzza mia…
Avvicinati…)

Agata: "Qua sono Vincenzino!
Non mi vedi?

Con tutta questa confusione e il rumore della musica assordante, non si capisce proprio nulla.
A Cristina, fino a poco fa, ho tenuto compagnia, con immenso piacere.
Le ho raccontato quanta stanchezza mi ha procurato l'organizzazione del matrimonio della nostra adorata Rosalia.
D'altra parte, i ragazzi decidono di fare questo, quello e quell'altro ancora...
Vogliono e decidono tutto e poi tocca a noi mamme fare la loro volontà.
E se non facciamo come ordinano sono guai.
Lo dissi a nostra comare Cristina che quando toccherà il matrimonio di sua figlia, i pensieri le cadranno addosso che neanche se li immagina!
Comunque quando le cose finiscono bene come oggi, dopo se ne prova una grande soddisfazione."

(Ca sugnu Vicinzinu! Rispose la moglie Agatina
Chiffà?
Nun mi vidi?
Cu tutta sta confusioni e u rumuri da musica nun si capisci nenti!
A Cristinnedda mia, c'haiu tinutu cumpagnia finu andura cu granni piaciri!
C'haiu cuntatu quantu stanchizzi e tensioni m'ha procuratu stu matrimoiniu di nostra figghia Rosalia.
D'altra parti, sunu i carusi ca cumannunu di fari chistu, chiddu... e chidd'autru.
Vonu e decidinu tuttu... e poi tocca i nui mammi fari a so volontà.
E si nun facemu comu ordinanu sunu guai.
Iu dissi a nostra cummaredda Cristina ca quannu tocca o matrimoniu di so figghia quanti pinzeri ci venunu di supra ca mancu si l'immagina!
Comunque... quannu i cosi finisciunu beni comu oggi, poi si ni prova na granni soddisfazioni.)

"Lo state vedendo voi com'è stata brava la mia mogliettina?
Come farei senza di lei?

Mi mancherebbe l'aria, il respiro.
Se questo matrimonio è così ben riuscito, come potete ben vedere, è tutto merito suo.
Guardatela la mia figliola quant'è felice!
Che c'è compenso più bello e più grande che vedere la propria figlia felice?
Questo, per me, è l'evento più importante della mia vita.
Grande merito ce l'ha mia moglie."

(U costatati come ha statu brava a mugghiruzza mia? Aggiunse don Vicinzinu.
Comu facissi senza di idda?
Mi mancassi u sciatu e u rispiru.
Si tuttu stu matrimoniu sta riniscennu comu viditi, u meritu è sua!
Taliati a me figghiuzza quant'è filici!
Chi c'è cumpensu chiù beddu e chiù granni ca vidiri a propria figghia cuntenta!
Chista, pi mia è a ricompensa chiù importanti da me vita.
Granni meritu ci l'havi a me mugghiruzza.)

"Non mi fare troppi complimenti Vincenzino.
Non è il caso!
Mi fai sempre troppi apprezzamenti.
Sapessi che gran fatica c'è dietro!
Per adesso non capisco nulla e sono ancora presa dalla confusione e dall'organizzazione."

(Nun fari troppi complimenti Vicinzinu!
Nun è u casu!
Mi fai sempri troppi apprezzamenti.
Sapissi chi fatica c'è dietru!
Pi ora nun capisciu nenti e sugnu ancora pigghiata da confusioni e dill'organizzazioni.)

Cristina, mia moglie, disse: "Veramente ogni cosa è riuscita a meraviglia.
Potresti essere soddisfatta...!

E poi quanta gente elegante…!
Gli invitati…
Il lusso che si vede…
Tutti vestiti all'ultima moda…
E questo palazzo… sembrerebbe che fosse la vostra casa e voi i veri
padroni per come vi muovete a vostro agio!
I poi… tutte queste persone, questa bella società …
Vedo i grossi onorevoli… qualche ministro… il vescovo di…
Insomma meglio di così non poteva riuscire questo matrimonio."

(Veramenti - disse Cristina, la moglie di don Filicinu – ogni cosa è
riuscita beni!
Putiti essiri soddisfatta…
E poi che eleganza!
L'invittati…
U lussu ca si vidi…
Tutti vistiti a l'urtima moda..
E stu palazzu…. parissi ca fussi a vostra casa, tantu vi muviti beni
comu si fussivu i patruni…
Comunque… tutta sta genti… da bedda società….
Ci sunu i grossi onorevoli… quarchi ministru nazionali… u viscuvu
di…
Insumma megghiu di accussi nun putiva rinesciri stu matrimuniu.)

"Guardate la mia figliola quant'è bella?
Ed io ne godo della sua felicità.
Guardatela…
Mi sta venendo incontro!"

(Taliati a me figghiuzza quant'è filici! Disse don Vicinzinu.
E iu sugnu chiù filici di idda
Taliatala…
Mi sta vinennu incontru!)

Rosalia raggiante: "Papà
Vieni a fare un ballo con me?

Ti voglio abbracciare per l'amore che mi hai dimostrato e per tutto quello che hai fatto per me senza badare a spese.
Mi sento una regina e oggi è veramente il giorno più bello della mia vita.
Grazie a te mio caro papà!"

(Papà - disse la sposina, la bellissima e raggiate Rosalia - veni a fari nu ballu cu mia?
Ti vogghiu abbrazari di quantu affettu m'hai dimustratu e pi tuttu chiddu ca mi vulisti fari senza badari a spisi.
Mi sentu na regina ed è veramenti u iorniu chiù beddu da me vita.
Grazi a tia papuzzu miu.)

"Per te figlia che sei la mia regina questo ed altro ancora…
Per te vivo e respiro amore mio e quando tu sei contenta, lo sono pur io.
Tutto il resto non conta una minchia di nulla, scusando la frase.
I tuoi occhi parlano da soli e mi danno grande gioia.
Potrei morire anche adesso e sarei, lo stesso, l'uomo più felice della terra."

(Pi me figghia regina …. chissu e autru!
Pi tia campu e respiru figghiuzza e quannu tu si cuntenta iu ni godu.
Tuttu u restu nun cunta na minchia di nenti… scusannu a frasi!
I to occhi parranu e mi dununu granni soddisfazioni.
Putissi moriri puri ora e fussi, u stissu, l'homu chiù filici di stu munnu.)

"Che dici papà?
Oggi questa parola non si deve pronunziare e mai la dovrai ripetere!
Va bene?"

(Chi dici papà'
Sta parola nun si pronunzia e mai l'ha diri!
Va beni?)

"Certo amore mio bello!
Hai ragione!

L'ho detto per la troppa contentezza che ho nel cuore.
Mi sento così piacevolmente stordito che neanche mi rendo conto di quello che dico."

(Certu amuruzzu miu.
Hai ragiuni!
U dissi pa troppa cuntintizza ca ch'haiu nu cori.
E mi sentu accussì piacevolmente rincoglionitu ca mancu sacciu chiddu ca dicu.)

Liborio, lo sposo: "E se la mia sposa sta ballando con mio suocero anch'io voglio invitare a ballare mia suocera Agatina.
Mi permette di ballare con lei?"

(E se a me sposa sta ballannu cu me soggiru, puri iu - disse lo sposino Liborio - vogghiu invitari a ballari a me soggira Agatina.
Mi permette di ballare con lei?)

"Ma certo figliolo mio!
È un grande onore.
E se tu vorrai chiamami mamma t'assicuro che non m'offendo…
Balliamo…
Questo valzer mi piace proprio."

(Ma certu, figghiuzzu miu.
È n'anuri.
E si tu mi vo chianari "mamma", t'assicuru ca non m'offennu!
Ballamu!
Stu valzer mi piaci propriu.)

Quella giornata che passai, se per un verso riuscì a stordirmi portandomi un poco di allegria, allontanandomi dai miei problemi, soprattutto dalla preoccupazione dal nome "Ramunnu", dall'altro…

Nonostante mi sforzassi a non pensare, mentalmente, andavo progettando come stanare quel traditore.

Passarono i giorni e la mente mia era costantemente impegnata a definire e completare il piano di vendetta contro Ramunnu, colui che una volta era statu considerato "U figghiuzzu du cori".

Quando finalmente stabilii la data, chiamai i trenta uomini d'onore, i più fidati, i cosiddetti soldati, feci presente il mio piano nei suoi minuziosi particolari e come agire nelle varie diverse eventualità.

Precisai che tutti gli uomini che appoggiavano Ramunnu dovevano essere eliminati, in ogni e qualsiasi modo, senza esclusione di colpi.

Possibilmente volevo prendere vivo quel dannato traditore. Poi, riflettendo bene aggiunsi:

"Alla fine, non vi preoccupate se cadrà anche lui sotto i colpi di rivoltella.
Importante è la vendetta, che deve essere spietata, precisa, inesorabile e servire d'ammonimento a tutti e perciò esemplare.
Poi, il bottino trafugato deve tornare indietro ed intatto ai miei piedi e ricondotto, infine, alla destinazione che voi sapete.
Ntoniuzzu adesso tocca a te!
Questo lavoro lo devi fare solo tu, con le tue stesse mani, contro quell'amico tuo.
Lo capisco che ti costa.
Eppure lo devi fare.
Lo dovrai fare con le tue stesse mani questo servigio importante e delicato.
Questo è un onore che ti do e come tale, non si transige e non si fiata.
Mi hai capito oppure no?
Non è che lo devo ripetere nuovamente?
Lo devi guardare in faccia quell'infame di Ramunnu e gli devi far dire, se possibile, come ha potuto avere il coraggio di farmi questo tradimento e questo sgarro."

(Ntuniuzzu ora tocca a tia!
Stu travagghiu l'ha fari sulu tu e direttamenti contru l'amicu toi.

U sacciu chiddu ca ti costa.
Eppuri… l'ha fari!
L'ha eseguiri chi to stissi manu stu sirbizu importanti e delicatu.
Chistu è n'onori ca ti tugnu e comu tali nun si transigi e nun si sciata.
Mi capisti o no?
Non è ca l'haiu a ripetiri arrè i me paroli?
L'ha taliari na facci a ddu infami di Ramunnu e t'ha fari diri, se possibil, com'è ca potti aviri u curaggiu di stu tradimenti e di fari stu sgarru a don Filicinu.)

Ntoniuzzu mi disse: "Come vuole vossia don Filicinu
I suoi comandi non si discutono nel modo più assoluto.
Ho ben capito quello che devo fare.
Però…
Anzi…
Se era possibile
Sarebbe…
Cioè…
Va bene.
Non ne voglio parlare più!"

(Comu voli vossia don Filicinu, - ripose Ntoniuzzu.
I so cumanni nun si sciatunu assolutamente.
Iu capiu chiddu ca haiu a fari.
Però …
Anzi ….
Se era possibili …
Fussi …
Cioè …
Va beni!
Va veni e basta!)

"Tu Austinu coprigli le spalle ad Antoniuzzu.
Dovete essere una sola mano, una sola voce, con un solo colpo di pistola.
Per il resto, non fatemi ripetere, di nuovo i particolari perché non mi sento di parlare.

Ora sono troppo stanco ed addolorato.
Quest'operazione si deve portare a termine in questo modo.
Non c'e altro da fare.
Non si deve avere pietà e misericordia... con gli infami...
Deve essere così!
Non posso fare come quel dottore pietoso del proverbio che dice che: Il medico pietoso fa il malato cancrenoso.
La decisione è questa!
Unica, irremovibile e radicale.
Costi quel che costi!
Non m'importa un cazzo!
Cercate tutti e trenta di tornare sani e salvi e non vi fate fottere nello scontro da quegli altri malavitosi da quattro soldi che appoggiano a Ramunnu.
Stati attenti in quelle montagne.
Quei disgraziati le conoscono come le loro tasche, perciò sapetevi regolare ed agite come volpi e le iene che azzannano la preda e non la lasciano se non dopo morta.
Adesso andatevene tutti e quando finite la missione venite a riferirmi ogni cosa."

(E tu ... Austinu, cummogghici i spaddi a Ntuniuzzu.
Haviti a essiti na sula manu, na sula vuci cu nu sulu corpu di pistola.
Pu restu nun mi faciti ripetiri particolari pirchì nun mi sentu chiù di parrari.
Ora sugnu troppu stancu e adduluratu.
St'operazione s'hava a purtari avanti accussì e u chiù prestu possibili.
Nun c'è autru da fari.
Nun s'hava aviri pietà e misericordia ... cu l'infami.
Hava agghiri accussì!
Nun pozzu fari u medicu pietusu comu a chiddu du proverbio ca dici ca " U medicu pietusu fa u malatu cancrinusu".
A decisione è chista!
Unica, irremovibili e radicali.
Costa chiddu ca costa!
Nun m'importa un cazzu.

Patri, Patrinu e Patruni

Circati tutti trenta di turnari sani e salvi e nun vi facitivi futtiri nu scontru da chidd'autri malavitosi di quattru sordi di sta minchia, ca appoggianu Ramunnu.
Stati accura ni ddi muntagni.
Chiddi sdisunurati i canuscinu comu i so sacchetti, perciò, sapitivi regulari e agiri comu vurpi e ieni ca azzannanu a preda e na lassanu si non dopo morta.
Ora itivinnu tutti e quannu finiti a missioni viniti a riferiri ogni cosa, pi filu e pi segnu.)

All'alba di quel giorno stabilito, i trenta, dopo aver raggiunto le Madonie in quella gelida mattinata, si sparsero veloci, decisi secondo uno schema prefissato.

In breve, scomparvero alla vista e si nascosero nella grande montagna, dietro le rocce, gli alberi, le siepi.

Se non si sapeva che erano già tutti lì, si poteva ben dire che quella zona era deserta, muta e disabitata.

Solo quel primo canto della mattinata degli uccelletti fu l'unica nota piacevole, in quegli istanti di tensione e di pericolo.

Su quegli altissimi alberi, cominciavano a dare, col loro bel cinguettio, il buon giorno al mondo.

Sembravano felici. Saltellavano tra un ramo e l'altro, giocando a rincorrersi piacevolmente e poi, quando uno si posava accanto all'altro, quest'ultimo, di nuovo, volava e sceglieva un altro posto per sostare.

Qualche lepre, attenta, discreta e timorosa, si vedeva uscire dalla sua tana e metteva fuori la testolina.

La ritirava però, subito dopo, per poi riuscire, sempre con precauzione, per il timore insito nella sua natura che rende l'animale guardingo.

Qualche raro capriolo si soffermava a brucare l'erba fresca e a godere quell'aria serena che, di solito, a quell'ora, dà sollevo e mette di buonumore l'uomo stanco.

Era sublime quell'atmosfera come se il mondo si fosse racchiuso in quello spettacolo unico nell'universo, pieno di pace e di profonda calma.

Nella mente di quei trenta uomini, invece, vi era tutt'altra idea che di serenità. Erano tesi i loro sguardi e pronti ad assalire a morte chiunque.

Si predisponevano ad affrontare qualsiasi tipo di combattimento per raggiungere lo scopo di stanare il vile Ramunnu e i suoi uomini; per riportare il maltolto nelle mani mie, di don Filicinu.

Ad un rumore quasi impercettibile, come fossero i cani del deserto, all'improvviso si alzavano e si ergevano altissimi per scorgere il pericolo, così facevano quei trenta soldati esecutori.

Percepirono, ad un tratto, qualcosa.

Era il segnale dato da Ntoniuzzu il quale, nelle vicinanze di un casolare, apparentemente vuoto e diroccato con accanto delle caverne naturali capaci di contenere e nascondere centinaia di uomini, fece in un cenno particolare.

Dopo quel momento, all'unisono, tutti avanzarono concitati, cercando di entrare e scovare chissà chi.

Fecero del rumore per indurre qualcuno di dentro, ad uscire e a verificare chi altro vi fosse nei dintorni.

Quando due uomini di Ramunnu misero la testa fuori e qualche compagno uscì apertamente non temendo insidie, cominciò inesorabilmente un lungo ed interminabile sparo all'impazzata.

S'era capito che dentro quel casolare c'era proprio il traditore Ramunu il quale, sentendosi braccato e capendo che era arrivato il momento di fronteggiare l'assalto da lui tanto temuto ed aspettato, si munì di munizioni e mitra.

Prese la scappatoia dietro quei ruderi.

Si diresse, di corsa, verso la cima della montagna per rendersi inafferrabile, mentre i suoi uomini tentavano di porre un varco e un freno all'avanzata di Ntuniuzzu e degli altri.

In breve gli uomini di Ramunnu furono tutti inesorabilmente uccisi, cadendo sotto un'inguardabile ed orribile pozza di sangue.

Ntoniuzzu, esaltato da quella situazione di sangue ed accecato, non tanto dall'odio ma memore del comando del suo capo don Filicinu, correva avanti e spedito.

Incalzava come fa il gatto col topo colui che era stato il suo caro amico Ramunnu.

Quest'ultimo, intanto, s'arrampicava veloce e svelto come una volpe o una lepre; saltava su quelle rocce come fosse allenato da chissà quanto tempo, in quelle tremende corse che lo vedeva capro espiatorio.

Tutti e trenta, alcuni feriti, si sparsero cercando di accerchiare meglio Ramunnu che intanto era scomparso alla vista di quegli uomini che lo inseguivano.

Ad un tratto, Ntuniuzzu, si mise a gridare:

"Arrenditi Ramunnu!
Oramai la tua fine è arrivata.
Consegna le armi ed esci.
Se non ti arrenderai la tua morte è sicura.
Alza le mani e avvicinati lentamente che ti porteremo da don Filicinu.

Lui sa quello che deve fare di te.
Se scappi è peggio."

(Arrenniti Ramù!
Oramai a to fini è arrivata!
Cunsegna l'armi e scinni.
Si nun t'arreni a to morti è sicura.
Isa i manu e avvicinati ca ti purtamu da don Filicinu.
Iddu sapi chiddu ca hava a fari di tia.
Si scappi è peggiu.)

Rispose Ramunnu: "Non mi parlare di Don Filicinu.
Oramai so ciò di cui è capace il boss!
Non mi prenderete mai qua sopra!
Provate a salire che la morte aspetta tutti voi.
Vi ucciderò uno per uno.
Prima di morire ucciderò buona parte di voi."

(Nun mi parrati di don Filicinu – disse Ramunnu.
Oramai u canusciu beni chiddu ca è capaci di farimi!
Nun mi pigghiati mai cà supra!
Pruvati ad acchianari ca a morti aspetta a tutti vui.
V'ammazzu unu pi unu.
Prima di moriri iu ammazzu na pocu di vuautri.)

"Non essere testardo amico mio,
Arrenditi che è meglio per te e per tutti noi".

(Nun essiri tistardu amicu miu.
Arrenniti ca è megghiu pi tia.)

Ramunnu rispose con alcuni colpi di quel mitra che presero di striscio
'Ntoniuzzu ed alcuni uomini vicino a lui.

Ma quelli risposero.

Dopo i primi spari, alcuni colpi centrarono, inevitabilmente, Ramunnu, che cadde, dapprima sanguinante poi, a seguito di altri spari si accasciò definitivamente a terra, in una pozza impressionante di sangue.

Quando tutto intorno si fece un gran silenzio, Ntoniuzzu, ferito si avvicinò cautamente. Si rese subito conto che Ramnunnu non dava più segnale di vita.

Volle avanzare ancora di più e tra quelle grandi pietre vide, pietosamente riverso per terra il suo caro amico, ucciso dalle sue stesse mani, per ordine e per commissione del suo capo.

Gli si avvicinò e gli prese, in un pugno, quella canottiera intrisa di sangue e gridò:

"Perché?
Perché doveva finire cosi?
Perché non ti sei arreso amico mio?
Perché questa tua avidità ti ha tolto la vita e la giovane età?
Madonna mia!
Aiutami tu.
Picciotti…!
Tre di voi, pigliate adesso la camionetta e riferite tutto quello che avete visto a don Felicino.
Diteglielo che la missione fu portata a termine e che il carico della merce è ancora completamente intatto.
Io resto qua, a fare compagnia al corpo senza vita di Ramunnu, che fu, una volta, il caro amico mio fraterno.
Non lo posso lasciare come un cane.
Ramunnu…!
Adesso sei contento?
Volevi essere ammazzato, amico mio disgraziato, proprio da me?
Che consolazione infernale mi ha dato questa vita infame!
Adesso riposa in pace tu…
Noi abbiamo la coscienza d'aver tolto l'esistenza a un amico testardo e risoluto, che ha voluto rimetterci la vita per avidità!"

(Pirchì?
Pirchì haviva a finiri accussì!
Pirchì nun t'arrinnisti amicu miu!
Pirchì st'avidità... ca ti luvò a vita e a giovani età?
Madunnuzza mia!
Aiutami tu!
Picciotti...
Tri di vuautri ora pigghiati a camionetta e riferiti tuttu chiddu ca successi a don Filicinu.
Dicitaccillu ca a missioni fu purtata a termini e ca u caricu da merci è ancora completamenti intattu.
Iu restu ni sti muntagni a fari cumpagnia o corpu senza vita di Ramunnu, chiddu ca na vota fu amicu miu fraternu.
Nu pozzu lassari sulu comu un cani.
Ramunnu ora sì cuntentu?
Vulivi essiri ammazzatu, disgraziatu!
E propriu di mia?
Chi cunsulazioni maligna mi desi sta vita mia infami!
Ora stai in paci tu....
Ma nui havemu na cuscenza a to morti, chidda di n'amicu tistardu e risolutu, ca pi l'avidità, ci rimisi l'esistenza.)

Quando quegli uomini che avevano partecipato a quella missione tornarono da me, mi comunicarono l'accaduto e l'esito di quella sortita punitiva.

Mi alzai dalla poltrona come se non avessi sentitto nulla.

Spensi, come un automa, il sigaro e andai a chiudere, senza batter ciglio, l'imposta di quella stanza.

Poi, quasi al buio, ebbi la forza di dire:

"Quando ve ne andrete, chiudete la porta e non disturbatemi più.
Riferite alla madre di Ramunnu che vada a prendersi il corpo di suo figlio, in quel posto lontano.

È giusto che abbia una degna sepoltura, anche se non la merita...
ma...
Era il mio caro figliolo...
L'amato...
Adorato...
Andetevene... per favore!
Che state aspettando...?"

(Quannu vi ni iti chiuditi a porta e nun mi disturbati chiù.
Riferiti a matri di Ramunnu ca si va a pigghiari u corpu di so figghiu ni
ddi postu!
È giustu ca havi na giusta sipultura macari ca nun sa merita... ma ...
Era u figghiuzzu miu...
L'amatu...
L'aduratu...
Itivinni... pi favuri.
Chi stati aspittannu?)

[interviene il professore]

- Don Filicinu mi avete fatto commuovere.
Voi che siete un potente, potevate risparmiare...
Magari essere più generoso,
In fondo, quello era un come un figlio...
Lo avete detto voi stesso...
Non potevate...?

[risponde con ira don Filicinu]

- Statevene zitto... piuttosto!
Che ne potete sapere voi... professore mio!
Che ne potere capire di ciò che sento nel mio cuore?
Che ne sapete di certe cose nostre?
Non aggiungete altro dolore a quello che ancora sento, nonostante
siano passati tanti anni.
Abbiate la prudenza di starvene zitto e basta!
....

Io, così, queste precise parole, dissi ai miei uomini... di andarsene subito.

Adesso professore se non le dispiace, se ne vada pure lei perché non mi sento di continuare ancora...

Non sto bene!

Magari la manderò a chiamare domani.

Per ora mi piange il cuore e non posso continuare a parlare.

Ho la gola secca e la voce non mi esce dalla bocca.

Basta cosi!

La saluto e la ringrazio per la pazienza che ha avuto nei miei confronti.

Pasqualino...!

Accompagna il professore che si è fatto tardi.

(Stativi mutu ... chiiuttostu! Rispose arrabbiato e con ira don Filicinu

Chi ni putiti sapiri voscenza prefessureddu miu?

Chi ni sapiti di chiddu ca sentu nu me cori?

Chi ni sapiti di certi cosi nostri?

Nun aggiungiti autru duluri a chiddu ca ancora sentu, nonostanti hanu passatu tanti anni.

Haviti armenu a prudenza di starivi zittu e basta!

......

Dopo chiddu ca successi, accussì!

Ddi precisi paroli ci dissi e me homini...

Di irisinni subitu...

Ora prefessuri, si nun ci dispiaci, si ni issi puri voscenza, ca nun mi sentu di cuntinuari ancora.

Nun mi sentu bonu!

Macari u mannu a chiamari dumani.

Pi ora, mi chiangi u cori e nun pozzu continuaru a parrari.

Mi sicca a gola e a vuci nun mi nesci.

Basta accussi!

A salutu e a ringraziu pa pazieza ca haviti avutu ni me confronti.

Pasqualinu!

Accumpagna a casa u prefessuri ca si fici tardi.)

- Come don Felicino...? Rispose Pasqualino.

Ancora fuori c'è luce!
Che cosa dite?
Perché così presto?

(Comu? Don Filicinu … Rispose Pasqualino!
Ancora, fora, c'è luci?
Chi diciti?
Pirchì accussì prestu?)

- Ti ho detto di fare in questo modo… e basta!
Quando mai t'intrometti in quello che dico?
Se così voglio così si deve fare.

- Per carità don Filicinu …
Non volevo contrariarvi…!
Soltanto desideravo precisarvi che è ancora presto.
Nient'altro.
Faccio come vuole vossia!
I suoi comandi sono tutto quello che desidero.
Servo vostro sono!

(Pi carità don Fiulicinu…
Nun è ca a viluva cuntrariari…
Sulu disidirava diri ca ancora mi pari prestu!
Nent'autru!
Fazzu comu voli vossia!
I so cumanni sunu tuttu chiddu ca vogghiu.
Servu vostru sugnu!)

IL MONDO OLTRE L'OCEANO

L'IMPORTANTE RUOLO DI UN PADRINO

- Lo vede Professore caro, che bella giornata è spuntata stamattina?

Che bel sole c'è oggi, sembra spaccare le pietre.

Eppure siamo ancora in inverno.

Non l'avrei mai creduto.

Mi pare d'essere in paradiso.

Oggi mi sento forte come un leone e pure di buonumore.

Tutto sommato la vita, questa vita, è veramente bella.

Vale la pena viverla con tutte le disgrazie che capitano.

Lo sente l'odore della zagara?

Si vede che si sta avvicinando la Santa Pasqua!

Questi alberi d'aranci qua intorno mi riempiono i pensieri di buoni propositi.

Mi rendo conto che basta questo profumo per dire quanto il Padre Eterno è buono con noi che, in questa terra, ci affanniamo e combiniamo sempre tanti guai.

Siamo gente strana e curiosa.

Ce li cerchiamo sempre i guai con le nostre stesse mani.

Io sono quello che sono e mi rendo conto del mio potere.

Che posso farci?

Il destino ha voluto così?

Nel bene e nel male faccio quello che posso.

A modo mio sono credente, con tutti i miei limiti che non hanno niente a che vedere con la religione.

La strada indicata dal Padre Eterno è giusta ma la seguo quando posso.

In cielo comanda Lui e decide quello che è giusto o no.

Quaggiù, in questa terra, nella mia zona, comando io, modestamente parlando.

Faccio ciò che mi va e il come, solo io so.

Quaggiù si deve fare quello che mi passa per la testa ed io agisco secondo le regole e le leggi d'onore della mia generazione, che ancora fermamente rispettiamo.

...

Mi ascolti professore mio!
Stamattina le voglio raccontare un'altra storia graziosa e significativa che mi è successa tanti anni fa.
Allora, avevo pure un certo potere ed un giorno mi successe una cosa strana che riguardò un bambino di quei tempi.
Però, professore mio, questa storia la voglio raccontare fuori casa.
Mettiamoci a passeggiare tra gli alberi di aranci e con questo bel profumo.
Godiamoci questa bella giornata.
Lasci perdere il computer.
Non ha bisogno di scrivere.
Questa storia la voglio raccontare a voce e dopo, quando lei avrà del tempo, la trascriverà come e quando vuole.
Col computer, a penna,
Come caspita le va!
Come le pare e piace.

(U vidissi, Prefessuri beddu chi bedda iurnata spuntò stamatina?
Chi beddu suli c'è oggi ca pari ca spacca i petri?
Eppuri semu ancora in invernu.
Nun l'havissi mai cridutu.
Mi pari d'essiri in paradisu.
Oggi mi senti forti conu nu liuni e puri di bonumori.
Tuttu considiratu, a vita… sta vita, è veramenti bedda.
Vali a pena vivirla cu tutti i disgrazie ca capitanu.
U senti u sciauru da zagara?
Si vidi ca si sta avvicinannu a Santa Pasqua.
St'arbiri d'aranci ca attonru m'allinghianu i purmuni di bonu sentimentu.
Mi dumannu comu, sulamenti stu sciauru, bastassi pi diri quantu u Patri Eternu è bonu cu nui, ca ni sta terra n'arrabbattamu e cumminamu sempri tanti guai.
Semu genti strana e curiusa…
Ni circamu i guai chi nostri stissi manu.
Iu u sacciu chiddu ca sugnu e puri cuscienti du me puteri.
Ma chi ci pozzu fari?
U distinu vosi chissu?

Nu beni e nu mali, fazzu chiddu ca pozzu.
A modi miu, sugnu cridenti, cu tutti i limiti ca nun hanu nenti a chi fari ca religioni.
Iu haiu a seguiri a me liggi.
Chidda du Patri eternu è giusta ma a pozzu eseguiri quannnu si po' e quannu mi è possibili.
Dda supra cumanna Iddu e decidi chiddu ca è giustu o menu.
Ma ca sutta, ni sta terra, na me zona, cumannu iu, modestamenti parrannu….
E fazzu e disfazzu chiddu ca mi piaci pari e u comu, u decidu sulu iu.
Cà sutta s'hava a fari chiddu mi passa na testa e agisciu seconnu a liggi e i reguli d'onori ca chiddi da me generazioni, ancora, rispittamu.
……
Sintissi prefessureddu miu!
Stamatina ci vogghiu cuntari n'autra storia graziusedda e significativa ca mi successi tanti anni fa.
Aviva puri allora un certu putiri e un iornu mi successi na cosa curiusa ca riguardava nu picciriddu poi divintatu homu.
Però prefessuri miu sta storia a vogghiu cuntari fora.
Mittemini a passiari tra l'arburi d'aranci ca stu sciavuru mi piaci e mi fa partiri i sensi.
Gudemini sta bedda iurnata.
Lassassi stari u computer.
Nun havi bisognu di scriviri.
Sta storia a vogghiu diri a vuci e poi lei, quannu c'havi tempu, sa scrivi comu e quannu voli.
Cu computer… a manu…
Comu caspita voli….
Comu ci pari e piaci!)

- Come desidera lei don Filicinu.
Certo!
Stare all'aria aperta è un'altra cosa….
Camminare al sole e con quest'aria mi pare d'essere in un'altra dimensione.

Patri, Patrinu e Patruni

C'è un clima più disteso qui fuori, meno oppressivo rispetto a quello che... non si offenda se glielo dico, ma in casa sua si sente e si respira un'aria particolare ...
Non saprei spiegaglielo meglio... ma è come se in certi momenti mancasse l'ossigeno.
Mi sento opprimere e ciò mi procura disagio e un certo malessere.

- Non esageri professore mio carissimo!
Che mi volete dire che quando vi trovate in casa mia vi pare d'essere in una camera a gas?
Vi dà l'impressione, per caso, di trovarvi in galera?
Che dite mai?
Scempiaggini?
Mi fate proprio ridere.
Non siate ridicolo.
A volte mi date l'impressione d'essere un tantino curioso e strano...
Comunque...!
Vi stavo raccontando che un giorno, di tanti anni fa, si è presentato, dopo tanta insistenza, uno dei miei uomini, di quelli fidati...
Insomma mi riferisco a Ntoniuzzu, di cui mi avete sentito un gran parlare.
A quei tempi, aveva un figlioletto di dieci, dodici anni e tutto emozionato, Ntoniuzzu, che già si era messo in posa, in piedi, dietro suo figlio, con le mani alle spalle del piccolo, mi disse:

(Non esagerassi prefessuri carissimu!
E che mi vulissi dire che quannnu si trova a me casa vi pari d'essere ni na camera a gas?
Vi dà per caso l'impresssione d'essere in galera?
Chi diciti?
Papalati?
Mi faciti ridiri....
Nun faciti u ridiculu...
Certi voti mi pari ca siti curiusu e puri stranu....
Comunque!

Vi stava cuntannu ca un iornu, di tant'anni fa, si presentò davanti i me occhi, dopu tanta insisteza, unu di me homini chiddi fidati, insumma mi riferiscu a Ntoniuzzu di cui m'aviti situtu parrari.
Ni ddi tempi, aviva un figghiu ca putiva cuntari deci … dudici anni … e tuttu emozionatu, Ntuniuzzu ca s'haviva misu in posa, all'impiedi dietro a so figghi chi manu ne so spaddi, mi dissi;)

"Don Felicino Lei non mi può dire di no!
Non può negarmi quest'onore e questo privilegio.
Sono stato sempre il suo fedele servitore ma adesso le devo chiedere un favore, una preghiera che non deve rifiutarmi.
Farebbe un gran piacere a me personalmente, alla mia famiglia, e per questo, gliene sarò tantissimo obbligato.
Le vorrei chiedere una cosa importante.
Però… che ne so!
Se vossia se la prende a male…
Mi dispiacerebbe.

(Don Filicinu…!
Lei nun mi po' diri di nò!
Nun mi po' nigari st'anuri e stu privilegiu.
Haiu statu sempri u sò fideli sirvituri ma ora ci devo chiedere un favuri, na preghiera ca non mi po' rifiutari.
Mi facissi nu grandi piaciri a mia personalmenti e a me famighia e pi chissu, ce ne sarò tantissimo obbligatu.
Ci vulissi dumannari… na cosa importanti…
Però chi sacciu…!
Se vossia sa pigghia a mali….
A mia mi dispiacessi…)

"E parla una buona volta!
Spiegati!
Ti si è inceppata la lingua?
Ti metti a farfugliare e perdi tempo inutilmente in parole sciocche?
Arriva al sodo e dimmi quello che vuoi chiedermi, senza troppi preamboli e giramenti di parole.
Su!

Parla chiaramente!
Che cosa mi vuoi dire?"

(E parra na vota pi tutti!
T'inceppasti a lingua?
Ti metti a farfugghiari pi perdiri tempu inutilmente in paroli scimuniti?
Arriva o sodu e dimmi chiddu ca mi voi dumannari, senza troppi preamboli e giramenti di paroli.
Avanti…
Parra chiaramenti!
Che cosa mi vo diri?)

"Le stavo comunicando che mio figlio dovrebbe farsi la cresima.
Vorrei scegliere vossia come padrino… se mi permette e se posso osare chiedere.
Se mi vuole dare questo onore grandissimo…
Magari… se non vuole… io la capisco e ritiro la mia richiesta.
E mi deve perdonare se ho osato tantissimo e procurato disturbo."

(Ci stava comunicannu ca me figghiu s'havissi a fari a cresima.
A vulissi… sceglieri comu padrino… se mi permetti… e ae pozzu osare addumannariccillu… a vossia.
Se mi voli dari st'onore grandissimo…
Macari… se vossia… nun voli … iu u capisciu e mi ritiru sta richiesta.
E m'ha perdunari si haiu osato tantissimio e vi ho procuratu disturbu.)

"E che è?
Sembrava che dovessi chiedermi la luna.
Mi stavi facendo preoccupare!
Non ti spaventare…
Se ti fa piacere che io sia il padrino, contento tu…
Ma il bambino che cosa ne pensa?
Sarà contento?
Lo vorrei sentire dalla sua stessa voce se ha questo piacere."

(E chè?
Pariva che m'havivi a dumannari a luna du cielu!

Mi stavi facennu preoccupare?
Nun ti scantari…
Se ti fa piacere che io fazzu da padrino…
Cuntento tu….
Ma u picciriddu chi cosa ni penza?
Sarà cuntento?
U vulissi sentiri da so vuci se havi puri iddu stu piaciri)

"Per caso, don Filicinu mi ha detto di sì?
Allora non vi siete offeso?
Non mi considerate uno sfacciato?
Non l'avete presa come una mancanza di rispetto?
Grazie!
Grazie tantissime!
Pinuzzu…
Sissignore… Pinuzzu,
questo è il nome di mio figlio cresimando…
Tu figliuolo mio…
Ringrazia don Filicinu…
Bacia la sua mano e gli dovrai esser grato per tutta la vita per l'onore
che ci fa!

(Che don Filicinu, pi casu, m'havissi ditto di si?
Allura non vi siete offisu?
Non mi considerati nu sfacciatu?
Non l'aviti pigghiatu come na mancanza di rispetto?
Grazie…
Grazie tantissime…
Pinuzzu…
Sissignore… Pinuzzu…
Chistu è un nomi du me figghiu cresimandu….
Tu… figghiuzzu miu….
Ringrazia don Filicinu…
Vasici i manu e ha essiri gratu pi tutta a vita pi l'onuri ca ni fa!)

"Perché gli devo baciare la mano papà?
È forse un prete?

È un vescovo?
E poi devo pure ringraziarlo?
Che?
Me la da forse lui la Cresima?
Non mi va proprio di baciargli la mano!"

(Ma pirchì c'haiu a vasari i manu papà?
Chi è forsi nu parrinu?
È nu Viscuvu?
E poi pirchì c'ha diri grazie?
Chè?
Ma duna iddu a cresima?
Nun mi sentu propriu di vasarici i manu...)

"Lo scusi – disse Ntoniuzzu confuso e dispiaciuto per le risposte schiette ma irriverenti del figlio.
È ancora un bambino e non si rende conto neanche di ciò che dice e dell'onore che riceve avendo vossia come padrino.
Perdonatelo don Filicinu e le chiedo scusa a nome suo!"

(U scusassi – disse Ntoniuzzu confuso e dispiaciuto per le risposte schiette, considerate irriverenti del figlio.
È picciriddu... e nun si renni cuntu mancu di chiddu dici e di l'onuri ca ricevi avennu comu patrinu vossia.
Pirdunatilu don Filicinu e... ci dumannu scusa a nomu soi!)

"Certo!
Neanche a dirlo!
Lo vedo che è innocente e istintivo.
È un bambino sveglio...
Te lo dico io che nella vita si farà avanti.
Non è destinato a stare in questo paese.
A questo bimbo, nella testa, gli frullano idee dell'altro mondo.
È un tipo che non si fa convincere facilmente non si fa persuadere da nessuno.
Non accetta neanche il consiglio di suo padre.
È di carattere!

E poi si sa come vanno le cose a questa età!
I ragazzi sono tutti gli stessi.
Come la pensano così la fanno!
In fondo sono sinceri.
Che cosa vuoi che ti dica?
Questo tuo figlio te lo voglio dire subito.
Mi sembra speciale e col tempo sicuramente, si farà strada."

(Ma certu!
Mancu a dillu!
U vidu ca è innocenti e un pocu istintivu.
È nu carusu svegliu chistu picciriddu...
Tu dicu iu ca na vita si farà avanti!
Nun è fattu pi stari cà.
Chistu caruseddu, na so testa ci frulliuni idee dill'autru munnu.
È un tipu ca nun si fa cunvinciri facilmente e si nun si fa pirsuadiri di
nuddu.
Non accetta mancu u cunsighiu di so patri.
È di carattiri!
E poi si sapi... comu vanu i cosi a st'età!
I carusi sunu tutti accussì!
Comu a pensanu a diciunu.
All'urtumanta sunu sinceri.
Chi voi ca ti dicu?
A facci da sincerità!
Ma stu figghiu tò, tu vogghiu diri subitu, mi pari spiciali e cu tempu si
farà bona strata.)

"Grazie per le belle parole.
Voi siete sempre generoso e di cuore.
Sono veramente mortificato!
Pinuzzu ...!
Dovresti chiedere scusa a don Filicinu!
Ti dico e ti impongo di scusarti!
Ti ordino di baciargli la mano per la riconoscenza e per il grande
onore che ti dà.

Lui è un uomo che quando stende la sua mano, vuol dire che ha piacere e concede il suo onore.
Tu queste cose non le puoi ben capire."

(Grazie pì beddi paroli.
Siti sempri ginirusu di cori.
Iu... sugnu veramenti mortidìficatu!
Pinuzzu...!
Pirdunu c'havissiti a diri a don Filicinu!
Ti cumannu e ti ordinu di dumannarici scusa!
Ti dissi di vasarici i manu pi riconoscenza e pu grandi onori ca ti duna.
Iddu è n'homu ca quannu stenni a so manu vordiri ca c'havi u piaciri e duna o so onori.
Tu sti cosi ni pò capiri...)

"Papà!
Di che cosa devo essere riconoscente?
Io non capisco queste frasi.
E poi la mano... non gliela bacio"

(Ma papà....!
Di chi haiu a essiri riconoscenti?
Iu ni capisciu sti paroli.
E... poi a manu nun c'ha vasu!)

"Ti dissi...!"

Facendosi brutto in viso, papà Ntinuzzu alzò il braccio in segno di minaccia e di un ultimatum inflessibile.

"Va bene papà
l'ho capito!
Però non ne sono pienamente convinto di quello che mi dici di fare.
E non vorrei mai baciare le mani a nessuno ma se me lo ordini tu,
lo faccio solo per accontentarti!"

(Va beni... papà...
U capiu...
Però iu nun ni sugnu convintu di chiddu ca tu mi dici di fari....
E nun ni vulissi vasari mai manu a nuddui ma si mu ordini tu...
U fazzu sulu pi fariti cuntentu...)

"Lascia perdere Ntoniuzzu...
Che ti metti a ragionare con i bambini?
Poi, un'altra volta, mi bacerà la mano.
Adesso lascia andare...
Come hai detto che si chiama questo bambino con questi occhi
svegli?"

(Ma lassa perdiri... Ntoniuzzu....!
Chi ti metti a ragiunari chi picciriddi?
Poi... n'autra vota a manu ma vasa.
Ma ora lassa perdiri...
Com'è ca dicisti ca si chiama stu cariuseddu cu st'occhi svegli?)

"Giuseppe è il suo nome ma noi lo chiamiamo Pinuzzu.
Lo perdoni e non faccia caso a quel che dice!"

(Giuseppe e u so nomi ma nui u chiamamu Pinuzzu.
U pirdunassi e nun ci faccissi casu!)

" Senti una cosa Ntoniuzzu!
Visto che ci siamo...
Sai bene che come padrino mi tocca fare un regalo al bambino.
Un pensierino insomma.
Dimmelo adesso che cosa gli serve così mi tolgo il pensiero."

(Senti na cosa Ntoniuzzu!
Vistu ca ci semu...
Sai beni ca comu patrinu mi tocca fari nu regalinu o picciriddu!
Un pensierinu insomma.
Dimmillu ora chiddu ca ci servi accussi, mi levu u pinzeri e nun mi
scunnuciu a pinzari chiddu ca c'haiu a rigalari.)

"Vossia, don Filicinu, mi mette in confusione…
Lasci perdere.
Non ci deve neanche pensare!
Importante è che gli faccia da padrino…
È troppo onore e grande la contentezza..
Questo sarà il più bel regalo che ci poteva fare.
È un vero privilegio e non posso chiedere altro.
Mi perdoni ma non oso dire nulla."

(Vossia don Filicinu mi metti na confusioni …
Lassassi perdiri …
Nun c'havi mancu a pinzari.
Già ca ci fa da padrinu …!
È troppu assai a cuntintizza..
Chistu è u rialu chiù granni ca mi putiva aspittari.
È nu veru onori e nun pozzu chiediri autru.
Mi pedonassi ma non osu diri nenti.)

"Non fare lo scimunito e il minchione.
Lo sai che un regalo glielo devo fare necessariamente.
Vediamo un po'…
Adesso chiedo direttamente al bambino qual è il suo desiderio.
A questo piccolo che deve diventare il mio figlioccio.
Proprio a te…
Senti una cosa Pinuzzu beddu…
Lo sai che è un evento importante e d'onore avere un padrino e poi
nel nostro ambiente è davvero un evento veramente grande.
Tu forse per ora non te ne rendi conto…
Rispondimi se vuoi …
Che cosa desideri che ti regali?
Dimmelo bel bambino!
Che cosa ti piacerebbe avere dal tuo padrino?"

(Nun fari u scimunitu e u minchiuni.
U sai ca nu rialu ci l'haiu a fari necessariamenti.
Videmu…!
Ora c'addumannu o caruseddu direttamenti.

A chistu... ca hava a divintari i me figghiuzzu.
Propriu a tia...
Senti na cosa Pinuzzu beddu...
U sai ca è n'occasioni importanti e d'onori aviri nu patrinu e tantu di chiù nu nostru ambienti?
È na cosa veramenti particulari.
Ma tu forsi nun ti ni renni cuntu pi ora....
Rispunnimi si voi.
Chi cosa vulissiti rialatu di mia?
Dimmi bidduzzu miu.
Chi ti piaci aviri du to patrinu?)

"Un regalo proprio mi vuole fare?
Per davvero?
Quello che voglio io?
Proprio... devo decidere io?
Io veramente?
Con la mia volontà?
Papà lo stai sentendo che cosa mi dice don Filicinu?"

(Nu rialu mi vuliti fari?
Pi daveru?
Chiddu ca vogghiu iu ?
Propriu iu haiu a dicidiri?
Iu veramenti?
Ca me volontà ?
Papà u sta sintennu chi mi dici don Filicuinu?)

"Certo che lo sto sentendo.
Non sono mica sordo!
Rispondi alla domanda che gentilmente ti ha fatto.
Lo vedi che ha un cuore grande e ti vuol fare contento?
Rispondi educatamente!"

(Certu ca u staiu sintennu.
Chi sugnu surdu ?
Rispunnici a domanna ca gentilmenti ti fici.

U vidi ca c'havi u cori granni e ti voli fari cuntentu?
Rispunnici.)

"Adesso che so che vuol farmi il regalo che desidero sono pure disposto a baciargli la mano.
Dov'è don Filicinu la sua mano?
Me la dia che gliela voglio baciare."

(Allura ora ca u sacciu ca mi voli fari nu rialu ca vogghiu sugnu puri dispostu a vasarici a manu.
Unn'è don Filici a so manu!
M'ha dassi ca ci vogghiu dari na vasata.)

"Ti ho detto di lasciare perdere ragazzo mio!
I bambini queste cose non le devono mai fare.
Con nessuno!
Se mi vuoi dire piuttosto, adesso, quello che desideri… dimmelo subito…
Altrimenti ci pensi e poi, con comodo, mi riferirai ciò che ti fa piacere!
Va bene?
Sei contento piccolino mio?
Vieni qua…
Ti voglio fare una carezza su questa bella testolina.
Che occhi birbanti e vivi?
Sembra che vorrebbero divorare l'aria…
Quanti anni hai detto che hai?
Me lo vuoi dire oppure non ti va di parlare?
Che, forse ti vergogni di me?"

(Ti dissi di lassari perdiri caruseddu miu!
I picciriddi, sti cosi, nun l'hana a fari mai.
Cu nuddu.
Si voi mi po diri, macari ora, chiddu ca vo, subitu.
Se no…
Ci pensi e poi, cu comudu, mi riferisci chiddu ca ti garba comu regalu!
Va beni?

Si cuntentu picciriddu beddu?
Veni cà...
Ti vogghiu fari na carizza... ni sta bedda tistuzza.
Chi occhi birbanti e vivi?
Pari ca ti vulissi mangiari l'aria...
Ma quanti anni hai?
Mu vo diri oppuri nun mi vò rispunniri?
Chiffà?
T'affrunti di mia?)

"E perché dovrei vergognarmi?
Non ho timore di nessuno.
Mio padre mi dice sempre che mi devo spaventare solo se faccio del male e siccome non ne ho mai fatto a nessuno, non mi spavento di niente.
Senta lei...glielo posso proprio esprimere il mio desiderio?"

(E pirchì m'avissi affruntari?
Iu di nuddu mi scantu.
Mu dici sempri me patri ca m'ha scantari sulu si fazzu mali e siccomi iu nun haiu mai maltrattatu a nuddu perciò nun mi scantu.
Ma sintissi lei...
U pozzu esprimeri u me desideriu?)

"Certo che lo devi dire!
Così ti farò contento e anch'io mi toglierò questo pensiero dalla mente.
Farai un piacere, sicuramente, anche a me."

(Certu ca mi l'ha diri!
Accussì ti fazzu contentu e puri iu mi levu stu gran pinzeri.
Farai cuntentu puri a mia...)

"Io vorrei...
Mi piacerebbe...
Desiderei..."

(Iu vulissi...
Mi piacissi...
Desiderassi!)

Intervenne suo padre:

" Stai attento Pinuzzu a non esagerare.
Cerca d'essere modesto e semplice come ti ho sempre insegnato...

(Stai attentu Pinuzzu a non esagerare.
Cerca d'esseri modestu e semplici comu t'haiu sempri imparatu...")

"Lascia fare.
Lascia esporre al bambino quello che vuole"

(Lassa fari...
Lassaci diri o picciriddu chiddu ca voli)

"Veramente vorrei in regalo una bella bicicletta.
Sarei felice, così non sarò costretto a guardare i miei compagni che
ce l'hanno.
Mi sento male quando vedo che gli altri ragazzi ricevono quello che
vogliono ed a me tocca voltarmi la faccia.
Non è giusto.
Forse don Filicinu...
Le ho chiesto una cosa impossibile?"

(Iu veramenti vulissi rialatu na bedda bicicletta....
Fussi filici...
Tutti i me cumpagni ci l'hannu e a mia tocca sempri taliari.
Mi sentu mali quannu vidu ca l'autri carusi hanu chiddu ca vonu e a
mia spetta vutarimi a facci.
Nun è giustu.
Chiffà don Fiilicinu.
Ci dumannai na cosa impossibili?)

"No!
Bambino mio.
Avrai quello che vuoi.
Anzi, sei stato modesto e per premiarti voglio aggiungere al tuo desiderio anche una bella collanina d'oro, di quella buona e pesante, con una medaglia che rappresenta il volto di Gesù Cristo.
Il Buon Dio così ti Proteggerà.
Deve essere così bella che quando le persone la vedono nel tuo petto, a grande distanza, si devono meravigliare!
Se ti chiederanno poi, per curiosità, chi te l'ha regalata, risponderai: il mio padrino don Filicinu.
Adesso che ti ho accontentato... va'!
Voialtri bambini a stare con i grandi vi annoiate.
Adesso... torna a giocare fuori con i tuoi amici.
Ricordatelo bene quello che ora ti sto dicendo.
Guardami negli occhi.
Una sola volta parlo e scrivi nel tuo cuore queste parole:
Quando avrai bisogno del tuo padrino, se ti serve un aiuto, vieni da me e per quello che potrò, ti verrò incontro, con tanto piacere.
Non puoi per adesso capire il significato di tutto ciò.
Mi prendo un impegno importante come padrino.
Ricordati che dopo tuo padre vengo io.
Rispetto, onore ed obbedienza sempre mi devi!
Fino alla morte... ed oltre...
In cambio non ti abbandonerò più.
Vai adesso.
Vattene e rifletti su queste parole.
Scrivile nel tuo cuore."

(Nò..!
Picciriddu miu.
Avrai chiddu ca voi.
Anzi fusti modestu e pi premiariti vogghiu aggiungiri o tò desideriu puri na bedda cullanina d'oro, di chidda bona e pisanti, cu na midaglia ca rappresenta u voltu di Gesù Cristu.
U Signuri accussì ti proteggi.

Ha essiri talmenti bedda ca s'hava a vidiri nu to pettu a granni distanza e s'hana a meravighiari a genti quannu ta taliaunu.

Se poi ti domannunu, pi curiosità, cu ti l'ha rialata tu ci rispunnu: U me patrinu don Filicinu.

Ora ca ti fici cuntentu ... vattinni picciridduzzu!

Vuautri nicareddi a stari chi granni v'annoiati!

Vattinni a iucari fora cu l'amici tò.

Ricordatillu bonu chiddu ca ora ti staiu dicennu.

Taliami nill'occi ca na vota sula parru e tu...

Scivitilli nu to cori sti paroli: quannu hai bisognu du to patrinu, si ti servi n'aiutu, veni ni mia, ca pi chiddu ca pozzu ti vegnu incontru cu tantu piaciri.

Tu per ora nun po' capiri beni u significatu di sti paroli.

Iu mi staiu pigghiannu cu tia n'impegnu importanti divintannu u to patrinu.

Dopo di to pà ricordatillu vegnu iu.

Rispettu, onori, obbedienza a mia mi devi!

Finu a quannu mori... e oltri...

Ed iu, in cambiu, non t'abbannunu chiù.

Vai ora...

Vattinni e rifletti supra a sti paroli.

Scrivitilli nu to cori.)

Intervenne Ntoniuzzu, che si stava pure inchinando:"Grazie don Filicinu".

Si era piegato per baciarmi la mano.

Ebbi ancora conferma, se mai ce ne fosse stato bisogno, di quanta devozione, quell'uomo d'onore, aveva di me.

Passavano gli anni e quel ragazzetto sveglio, dalla viva intelligenza e vivacissimo nelle sue manifestazioni, diventava sempre più intraprendente e sicuro di sé.

Teneva una grande dote, quella di avere sempre l'esatta percezione del tipo di persone che stava davanti a sé.

Riusciva ad inquadrarle per bene e raramente si sbagliava in quelle che erano le sue ottime capacità d'intuito.

Anche se sconosciute, Pinuzzu, riusciva a capirne, nelle linee essenziali, le personalità, se potevano essere affidabili, serie, oppure individui falsi ed ipocriti da tenere alla larga.

Man mano che cresceva, il ragazzetto di prima, dava il passo ad un uomo dalle esigenze sempre più pressanti e intollerante in quegli spazi angusti che il paese gli offriva.

Un giorno si prese di coraggio e glielo disse con chiarezza a suo padre, il progetto che accarezzava nel suo cuore.

Ntoniuzzu allarmato e spaventato gli rispose:

"Che vai dicendo?
Dove…?
Mi vuoi far morir assieme a tua madre anzitempo?
Più lontano dove… vuoi andare?
Che cosa mi vuoi dire?
Non ti capisco e non comprendo neanche quello che rimugini in testa e mi sembra di non riconoscerti più!
La verità è che tu adesso sei un uomo, mentre mi sono illuso d'avere davanti il mio amato bambino che ha bisogno del mio aiuto.
Mi accorgo che non ti servo più.
In questo modo mi fai sentire inutile…
Mi sto accorgendo che hai messo le ali e desideri volare.
È giusto forse… così.
Per me va bene tutto ciò che desideri.
Il buon Dio ti accompagni…
Che altro mi resta da dire?
Dimmi in quale città vuoi andare?
Ha detto lontano.
Più lontano… che cosa intendi?"

(Chi vai dicennu?

Unni?
Mi vo fari muriri assemi a to mamà prima du tempu?
Chiu luntanu unni voi iri?
Chi mi vo fari capiri?
Nun rinesciu mancu a leggiri na to testa, ni stu cirvellu, ca mi pari di non ricanusciri chiù.
U fattu è ca ora sì n'homu mentri ancora m'illudiva d'aviri davanti u piccidduzzu du me cori ca putissi aviri bisognu di me aiutu.
Ora m'accorgiu, purtoppu… ca nun ti servu chiù.
Accussì mi fa sintiri inutili…
Mi staiu rinnennu cuntu ca mittisti i to ali e vo vulari.
È giustu forsi accussi.
Va beni pi mia chiddu ca tu voi.
U signuri t'accumpagna.
Chi voi ca ti dicu?
Ma dimmi in quali città voi iri?
Dicisti luntanu.
Ma chiù luntanu… chi vordiri?)

"Papà me ne voglio andare in America."

(Papà mi ni vogghiu iri a Merica.)

"Che cosa hai detto?
Ho sentito bene?
Ti rendi conto dov'è l'America?
Sono sicuro che non sai neanche come si scrive.
Come puoi pensare di andare in quel posto?
Non conosci neanche la lingua e non hai idea di quant'è lontana!
Lascia andare figliolo mio.
Se avessi detto una città d'Italia magari ti avrei dato il mio consenso anche se di malavoglia.
Ma l'America…?
È troppo lontana.
Come farai?
Il viaggio?
La lingua?

E poi non conosci proprio nessuno.
In quel continente ti puoi sperdere e noi come faremo se non abbiamo più tue notizie?
Sei diventato matto all'improvviso?"

(Chi dicisti?
Sintivu bonu?
America?
Ma hai l'idea di un'è l'America?
Sì... certu...
Se mancu sai comu si scrivi comu poi pinzari di iri ddà?
Nun canusci a lingua e nun t'immagini quant'è luntana.
Lassa perdiri figghiu miu!
Si avissiti dittu na città d'Italia macari t'havissi rispunnutu di si anche se di malavogghia, ma l'America?
Troppiu luntana è.
Comu fai?
U viaggiu?
A lingua?
Nun canusci propriu a nuddu.
Ni ddu continenti ti po' perdiri e iu e to mamà come facemu si nun havemu chiù notizi tò?
Chi niscisti foddi tutta na vota?)

"Papà, guarda che i tempi d'oggi non sono più come i tuoi d'allora.
Con l'aereo in poche ore si arriva!
Il problema non è questo...
Piuttosto sarebbe bene che andassi lì con una lettera di presentazione..."

(Papà, vidi ca i tempi d'oggi non sunu comu i tò tempi.
Cu l'aereo... in pochi uri s'arriva!
U problema un'è chistu....
Chiuttostu fussi bonu ca arrivassi dda cu na littra di presentazioni...)

"Che vai dicendo Pinuzzu mio?
Chi può mai farti una lettera di presentazione?

Levatela dalla testa questa idea strana e sconclusionata."

(Chi va dicennu Pinuzzu mu?
A littra di presentazioni cu ti l'havissi a fari?
Levatilla da testa st'idea strana e sconclusionata.)

"Papà!
Ho pensato a tutto!
Che cosa ti credi?
Pure a questo."

(Pà!
A tutti cosi haiu pinzatu.!
Chi ti cridi….?
Puri a chistu…)

"Che mi vuoi dire?"

(Chi mi vo diri?)

"Papà!
Ti ricordi la frase che mi disse quand'ero ragazzino don Filicinu?
Io ricordo parola per parola.
Si è espresso in questi termini: Quando hai bisogno del tuo padrino, se ti servirà un aiuto, vieni da me. Per quello che potrò fare, ti verrò incontro con piacere.
Perciò adesso che ho di bisogno andrò a trovarlo.
Gli dirò di farmi una lettera per qualche pezzo grosso d'America.
Così quando arriverò, almeno troverò qualcuno che mi aiuta.
Don Filicinu, tu lo sai, che è un uomo potente che ha gli agganci anche lì.
Io non chiedo e non cerco una raccomandazione...
Solo quando arrivo almeno avrò un riferimento e qualcuno che mi potrà dare una mano inizialmente.
Poi me la sbrigherò con le mie forze.
Non chiedo niente a nessuno e col tempo vedrai, mi farò valere per quello che sono.

La volontà di lavorare sodo non mi manca e la fatica non mi ha mai pesato."

(Pà!
Ti ricordi a frasi ca mi dissi don Filicinu quann'eru picciriddu?
Mi ricordu parola pi parola.
Accussì si eprimiu: "Quannu hai bisognu du to patrinu, si ti servi n'aiutu, veni ni mia ca pi chiddu ca pozzu ti vegnu incontru cu tantu piaciri".
Perciò pà ora ca haiu bisognu ci vaiu!
Ci dicu ca mi fa na littra pi quarchi pezzu grosso d'America.
Accussì quannu arrivu armenu dda, ci trovu quarcunu ca m'aspetta e m'aiuta.
Don Filicinu, tu u sai, è n'homu putenti ca c'havi l'agganci puri e soprattutto ni chiddu cuntinenti!
Iu nun vogghiu e mancu cercu na raccumannazioni…
Sulu quannu arrivu….
Armenu c'haiu nu riferimentu e quancunu ca mi po' dari na manu inizialmente.
Poi ma sbrigu chi me forzi.
Nun dumannu nenti a nuddu e cu tempu, u vidi poi ca mi fazzu valiri pi chiddu ca sugnu.
A vuluntà di travagghiari sodu nun mi manca e a fatica nun m'ha mai pisatu.)

"È vero figlio mio, che ti disse quelle parole.
Me le ricordo e pure bene.
Ma sai certe volte le frasi si dicono per fare piacere, per formalità, insomma.
Non vorrei che ricevessi una delusione amara.
I potenti, a volte, hanno la memoria di ferro quando vogliono, ma certe altre, non conoscono nessuno, neanche chi li ha messi al mondo.
E poi…
Mi sembra brutto andare a chiedergli aiuto."

(È veru figghiu miu ca ti dissi ddi paroli.

Mu ricordu.
Ma sai.
Certi voti i frasi…
Si diciunu pi fari piaciri, pi formalità, insumma.
Non vulissi ca tu ti pigghiassi na delusioni amara.
I putenti hanu a memoria di ferru quannu vonu e certi autri, nun canusciunu a nuddu mancu u so re!
E poi…
Mi pari bruttu iri ni iddu e dumannarici aiutu.)

"Papà!
Non è necessario che tu venga con me.
Andrò da solo a parlare con don Filicinu.
Lui è il mio padrino e quel giorno mi disse pure che il compito che si assumeva con me era delicato.
Perciò mi sembra che sia arrivata la scadenza della mia cambiale e vado ad incassarla.
Questo è il momento più importante della mia vita.
Se non mi aiuta adesso…
Dopo a cosa serve?
Ho assoluto bisogno del suo sostegno.
Questo è il momento di verificare se mantiene ciò che ha detto.
Stasera andrò a trovarlo a casa sua!"

(Pà!
Nun è necessariu ca ci veni puri tu.
Ci vaiu sulu a parrari cu don Filicinu.
Iddu è u me patrinu e chiddu iornu mu dissi puri ca u compitu ca s'assumeva cu mia era delicato.
Perciò mi pari ca scadenza da me cambiale arrivò e iu ci vaiu a incassalla.
Chistu è u mumentu chiù delicatu pi mia da me vita.
Si nu m'aiuta ora…
Dopu a chi mi servi?
Haiu assolutu biusogni du so appoggiu.
È u mumentu di pruvari si chiddu ca dissi u manteni.
Stasira ci vaiu a casa e u vaiu a trovu!)

"Con te verrò pure io figliolo mio!
Non ti lascio solo e se ti dirà di no, la risposta negativa la prenderò anch'io.
Voglio stare sempre vicino a mio figlio e se don Filicinu ha in mente di darti una mala risposta, con me presente, gli verrà più difficile."

(Cu tia, ci vegnu iu figghiuzzu miu!
Nun ti lassu sulu e se ti dici di no, vordiri ca a risposta negativa ma pigghiu puri iu.
Vogghiu stari sempri vicinu a me figghiu e puri accumpagnari pirchì si don Filicinu t'havissi a dari na mala risposta cu mia, forsi, ci verrà chiù difficili.)

Fu così che quella sera, padre e figlio vennero in casa mia. Appena i due furono annunciati, ne fui veramente contento, specialmente per quel ragazzo che non vedevo da tanto tempo.

Eppure me lo ricordavo.

Di fatti appena si fecero avanti, dissi:

"Abbracciami Ntoniuzzu...
Lo vedo che l'uomo che hai al tuo lato è il mio figlioccio.
Lo riconosco anche se passeranno altri cento anni.
I suoi occhi sono sempre vivi e vivaci.
Non posso scordarlo ed anche se quella volta fu un tantino impertinente, resta comunque il mio amatissimo figlioccio.
E ricordo pure che ti chiami Pinuzzu...!
È vero che questo è il tuo nome?
Che bella questa collana d'oro?
Chi te l'ha regalata?"

(Abbrazzami Ntuniuzzu....
U vidu ca l'homu ca c'hai o latu è u me figghiozzu!
U ricanusciu macari ca passassiru cent'anni.
I so occhi sunu sempri vivi e sperti.

Nun mu pozzu scurdari ed anche se dda vota fu un tantinu impertinenti… è sempri u me figghiozzu amatissimu.
E mu ricordu puri ca ti chiami Pinuzzu…!
È veru ca chistu è u to nomi?
Che bedda sta cullana d'oru!
Cu ta rialò Pinuzzu?)

"Come non se lo ricorda?
Me l'ha regalata lei!"

(Comu nun su ricorda? Rispose il giovane meravigliato.
Voscenza m'ha rialò!)

"Lo so!
E come faccio a scordarmelo?
Volevo scherzare con te!
Mi viene da ridere…
Perché questa frase te l'ho insegnata proprio io!"

(U sacciu!
Eccomu!
Chi ti pari ca nun mu ricordu?
Vuliva babbiari cu tia!
Mi veni d'arridiri…
Pirchì sta frasi t'amparai propriu iu!)

Intervenne Ntoniuzzo: "Vossia è un gran padre ed è comprensivo, coscienzioso e grande di cuore…
Mio figlio si è messo in testa di fare un grande passo, importante… ed io non so come frenarlo.
Voi siete il suo padrino e se potete consigliatelo e toglietegli dalla testa quei pensieri che gli bucano il cervello e l'anima.
Se ne vuole andare…
Fuori…
Lontano… don Filicinu.
Ci vuole lasciare soli, me e mia moglie.

Come faremo senza il nostro unico figlio che è il sostegno e la gioia della nostra vita?
Però sappiamo che se gli taglieremo le ali, ci resterà sulla coscienza d'essere stati egoisti e di avere segnato la sua vita di sventure.
Non so come fare...
Sono veramente disorientato."

(Voscenza è un gran patri - disse Ntoniuzzu.
È comprensivu, cuscinziusu e granni di cori...
Me figghiu si misi in testa di fari un gran passu...
Impurtanti...
Ed iu nun sacciu comu frinarlu.
Vui siti u so patrinu e se putiti, consighiatilu e luvatici da testa ddi pinseri ca ci pircianu u cirveddu e l'anima.
Si ni voli iri.
Fora...
Luntanu don Filicinu...
Ni voli lassari suli.
A mia e me muggheri....
Comu facemu senza nostru figghiu ca è u sostegnu e a gioia da nostra vita?
Però sapemu ca se ci tagghiamu l'ali ni resta na cuscienza d'essiri stati egoisti e d'aviri signatu a so vita di svintura.
Iu nun sacciu comu haiu a fari.
Sugnu veramenti disorientatu.)

"Come?
Che stai dicendo Ntoniuzzu mio?
Non l'ho capita bene questa storia di tuo figlio che vuole partire!
Ho ben compreso questo discorso?
Così se l'è pensata?
All'improvviso?
Non l'avrei mai immaginato.
E dove vuole andare?
Ha per caso delle grosse ambizioni?"
Eppure, te lo dissi, una volta, che questo ragazzo non è fatto per rimanere qua.

Stai attento Pinuzzu mio…
Vuoi mettere le ali, ma se sali troppo in alto, rischi di bruciarti.
Puoi cadere e rischiare la morte.
Devi essere cauto con la fantasia!
Devi tenere sempre i piedi per terra e non fantasticare troppo."

(Comu…?
Chi stai dicennu Ntuniuzzu du me cori…!
Nun l'haiu caputu beni sta storia di to figghiu ca voli partiri.
Capiu bonu stu discursu?
Accussì sa pinzò?
Tutta na vota?
Nun l'havissi mai immagginatu.
E unni si ni voli iri?
Ci c'havi pi casu, ambizioni?
Eppuri tu dissi na vota ca stu carusu nun è fattu pi stari cà.
Stai attentu tu Pinuzzu beddu…
Tu vo vulari e se poi acchiani troppu in altu?
Rischi ca ti bruci l'ali.
Caschi 'nterra e po' muriri…
Ha ghiri pianu ca fantasia!
Ha teniri sempri i pedi in terra e nun fantasticari troppu.)

"Se non fantastico io che sono giovane chi dovrebbe farlo?
Non permetto a nessuno, don Filicinu, d'impedirmi di sognare.
Se mi toglie ciò che cosa mi rimane di buono in questa vita?
Ho in mente tante cose da fare…
Desidero essere utile per me, e se possibile, per tutti gli altri.
Son venuto da lei, con mio padre, e voglio chiederle un favore."

(E se nun fantasticu iu ca sugnu picciottu cu l'ha fari?
Nun pirmettu a nuddu don Filicinu d'impedirimi di sugnari.
Si mi leva i sogni, chi mi resta di bonu na me vita?
Iu vogghiu fari tanti cosi…
E vogghiu esseri utili pi mia e se possibili, pi tutti l'autri.
Vinni ni vossia cu me patri pirchi ora ci vogghiu dumannari nu favuri.)

"Come posso essere utile ad un picciotto come te?"

"Se lo ricorda che fu vossia stesso, tanti anni fa... a dirmi che se io..."

(Su ricorda ca fu vossia stessu, tanti anni fa... mi dissi ca se iu...)

"Non preoccuparti...
Ricordo bene, parola per parola, ciò che ti dissi.
Qual è il tuo problema?
Che non mantenga le promesse?
Dubiti, per caso, di me?"

(Nun ti scantari ... ca iu mi ricordu precisamenti chiddu ca ti dissi.
Ma tu di chi ti preoccupi?
Ca nun tengu fedi e me prumissi?
Dubiti, pi casu, di mia?)

"Per carità, don Filicinu...
Ho fiducia in vossia, ci mancherebbe...
Se ora mi vuole aiutare...
Una volta me lo disse...
E ora..."

(Pi carità don Fiulicinu....
Iu ci cridu a vossia ....
Se ora mi voli aiutari....
Na vota mi dissi...
Ed ora.....)

"E adesso... è arrivato il tuo turno.
L'ho capito!
Non avere preoccupazioni ragazzo animoso e pieno d'entusiasmo, don Filicinu ammira i giovani che vogliono farsi avanti, soprattutto quelli coraggiosi e valorosi...
Non avere timore che se posso, ti aiuterò in qualsiasi luogo tu voglia andare...
Dimmi.

Dove ti piacerebbe vivere?"

(E ora ... è u to turnu ...
U capiu!
Nun aviri pinzeri picciutteddu animusu e chinu d'entusiasmu ca a don
Filicinu ci piaciunu i giovani intraprendenti, curaggiusi e valurusi.
Nun ti preoccupari ca si pozzu, t'aiutu in qualsiasi postu ti ni vo iri...
Ma dimmi qual'è u luogu unni ti piaci viviri?)

"Don Filicinu, se glielo dico, non si metterà a ridere?
Non mi piglierà dopo in giro?
Ecco...
Voglio andare in America.
Mi piace vivere in quel continente.
Lì c'è libertà e sento che potrei fare quello che voglio e diventare un
pezzo grosso, magari come vossia, don Filicinu...
Forse vi offendete se uso questo tono?"
Se mi paragono a lei?

(Don Filicinu si ci u dicu nun si metti a ridiri?
Nun è ca mi pigghia poi in giru?
Ecco...
A merica mi ni vogghiu iri.
Dda mi piaci a vita..
C'è libertà e mi sentu ca pozzu fari chiddu ca vogghiu e di divintari
importanti macari comu a vui don Fiulicinu.
Chiffà v'offiniti si parru accussì?
Si mi paragunu a vossia?)

"Mi hai fatto ridere, per un attimo, figliolo caro!
La mia risata non è per prenderti il giro, anzi... ma perché ritengo
che queste tue ambizioni, alla fine, siano meritevoli d'essere
assecondate.
Magari avessi la tua età...
La gioventù arriva in un attimo e noi non facciamo neanche in tempo
a godercela che già fugge.
Io ero proprio come te...

Con l'agento vivo addosso.
Mi piaceva girare il mondo e conoscere tante persone...
Ma l'uomo propone e Dio, lo sanno tutti... dispone.
Questa terra mia, amata e amara di Sicilia, bella e prepotente, mi ha voluto qua, ad ogni costo.
Mi è sembrato che mi abbia voluto trascinare con la forza e per i capelli, in questo paese disgraziato.
Mi ha fatto piegare ed inginocchiare, costringendomi a piangere, senza avere pena e pietà.
Quando la terra chiama, non si può resistere e si deve tornare necessariamente.
Lei t'inchioda i piedi nella sue radici con tutta la sua forza!
Questi concetti tu per ora non puoi capirli.
Non sai cosa vuol dire ascoltare la voce pietosa della tua terra che chiama, come una madre che prima di morire desidera abbracciarti.
Tu non sai quant'è terribile la forza del suo lamento.
Lei t'illude che sei il suo unico figlio e che se non torni morirà con tutti i dolori e i tormenti.
Queste cose non le puoi ancora concepire figlio mio!
Quando sarai grande forse... forse...
Comunque, hai deciso che vuoi andare in America?
Se è questo che desideri non preoccuparti che ti accontenterò.
Non mi costa nulla...
Lo vedi?
Alla fine, le cose che ti sembravano difficili e impossibili, si possono attuare senza troppa difficoltà."

(Mi facisti ridiri figghiuzzu beddu...
Ma a me risata nun è pi pigghiariti in giru... ma sulu pirchì mi meravigghiu ca st'ambizioni tua, all'urtimata ... va beni... sì... !
Mi pari giustu assicundalli.
Macari havissi a to età!
A gioventù arriva o so tempu e nui mancu facemu accura a gudilla ca già scappa
Iu comu a tia eru.
Cu l'argentu vivu in corpu.
E mi piaciva girari u munnu e canusciri tanta genti.

Ma l'homu proponi e Diu, u sanu tutti... disponi.
Sta terra mia, amata e amara di Sicilia, bedda e prepotenti, mi vosi cà a ogni costu.
Mi parsi ca mi trascinò ca forza, tirannumi pi capiddi, finu a stu paisi disgraziatu e mi fici piegari e inginocchiari, facennumi chiangiri senza aviri pena né pietà, mentri iu vuliva scappari luntanu.
Quannu a terra reclama nun si po' risistiri e s'hava a turnari necessariamenti.
Idda t'inchioda i pedi ne so radici cu tutta a sò forza!
Ma sti cosi tu, pi ora, ni poi capiri.
Nun sai chi vordiri scutari a vuci lacrimusa da propria terra ca ti cerca comu si fussi na mamma ca prima di muriri ti voli abbrazzari.
Tu nun sai quant'è terribili a forza du so richiamu.
Idda illudi ca tu si l'unicu sò figghiu e pari ca se nun torni, havissi a muriri cu tutti i spasimi du gran duluri e du tormentu.
Sti cosi nun l'immagini mancu figghiuzzu miu.
Quannu sarai chiù granni forsi... forsi...
Comunque dicisti ca vo iri in America?
Si è chistu ca desideri, nun ti scantari... ca t'accuntentu.
Nun mi costa nenti...
U vidi?
A fini, i cosi ca ti parivanu difficili e impossibili, si ponu realizzari senza troppa fatica e difficoltà.)

"Grazie! Le sarò grato per sempre!
Glielo voglio dire subito don Filicinu che io, di raccomandazione, non ne voglio.
Soltanto una sua lettera per presentarmi a qualcuno.
Poi, col tempo, con le mie forze, mi farò conoscere per quello che sono.
Le vede queste mie mani?
Me le spaccherò sino a farmi il sangue per il lavoro e non mi fermerò, neanche di notte, perché la fatica e il sacrificio non mi fanno paura."

(Grazie e ci sugnu obbligatu!
Ci u vogghiu diri subitu, don Filicinu ca iu, raccumannazioni nun ni vogghiu.

Sulu na littra di vossia pi presentarimi a quarchedunu..
Iu, cu tempu, chi me forzi e sulu chi me forzi, mi farò canusciri pi chiddu ca sugnu.
I vidi sti manu?
Mi spaccherò finu a farimi u sangu pu travagghiu e non mi fermerò mancu di notti, pirchì a fatica e i sacrifici nun mi scantanu.)

"Come vuoi tu figliolo mio!
Il tuo padrino, non preoccuparti, non ti abbandonerà.
Tuo padre Ntoniuzzu, che è stato sempre fedele e generoso di cuore e gran faticatore, del resto ti ha dato l'esempio che il lavoro è una cosa seria e solo col sacrificio arriva il benessere.
La lettera che vuoi, te la farò trovare quando tu desideri.
Ma dimmi una cosa, con precisione, dove te ne vuoi andare?
In quale parte dell'America?"

(Comu voi tu figghiuzzu miu…!
U to patrinu, nun ti scantari e non ti preoccupari ca nun t'abbannuna!
To patri Ntoniuzzu ca ha statu sempri fideli e ginirusu di cori e di sacrifici, del restu, t'ha datu l'esempiu ca u travagghiu è na cosa seria e sulu cu i sacrificiu arrivanu i dinari e u benistari.
A littra ca voi ta fazzu truvari quannu dici tu.
Ma dimmi na cosa, cu precisioni unni ti ni vo iri?
In quali parti dell'america?)

"Veramente, ad essere sincero, non lo so neanche io.
Per me importante è andare via da qua.
Il resto non conta."

(Veramenti cu precisioni mancu u sacciu.
Basta ca mi ni vaiu di ca pi mia è u stissu.)

"Per esempio vorresti andare New York, Boston, Chicago o in California?
Anche in Canada se vuoi.
Scegli tu figlio.
Veramente…

Pinuzzu mio, ad essere sincero, visto che ci siano nel bel mezzo del discorso, mi farebbe comodo avere un collegamento con New York, tramite una persona fidata che potresti essere tu.

Lì abbiamo un'attività nostra che ha bisogno di espandersi.

Ne dovremmo incrementare l'aspetto commerciale e creare un collegamento più sicuro con quel continente.

Noi, nelle nostre parti della Sicilia, penseremo a raffinare un poco di polverina e poi la manderemo là sopra.

Dimmi, ragazzo mio, te ne intendi di queste cose o vuoi restare lontano dalla nostra famiglia d'onore?

Dimmelo subito se vuoi restare nel nostro ambiente oppure...

Se ti piace, ti troverò un posto in qualche mercato agricolo, così ti guadagnerai il pane modestamente e nessuno ti darà fastidio.

A me, ti ripeto, mi serve una persona che faccia da testa di ponte, per incrementare il nostro traffico.

La concorrenza... poi...

La maledetta concorrenza ci sta rovinando.

Ci sono i cinesi, i portoricani, i curdi, i turchi ed ora pure gli armeni.

Se desideri fare questa scelta... Pinuzzu caro, arricchirti e fare la bella vita, allora, ascolta me...

Andrai a New York e ti presenterai al mio referente.

Le forze dell'ordine, nella nostra isola, hanno rovinato il nostro traffico e alcune partite di merce ce le hanno sequestrate, scoprendo anche i nostri laboratori nella provincia di Palermo, Trapani, senza contare gli arresti di tanti nostri amici eccellenti.

Comunque, sta di fatto che in questo periodo, la nostra attività sta subendo una specie di maledizione e ciò sta rendendo difficilissima la nostra sopravvivenza.

Che ne pensi figliolo caro di questa mia idea?

Ti piacerebbe andare a New York?

E tu... Ntoniuzzu?

Consiglialo!

Se vuoi, dai il tuo parere e la tua esperienza a tuo figlio e magari poi, mi saprai dire qual è la risposta.

Per darti tranquillità e per lasciarti libero, caro figlioccio, ti preparerò due tipi di lettere; la prima per un lavoro semplice e comune.

La seconda, indirizzata agli amici di Cosa Nostra, quelli che mettono in collegamento la Sicilia con gli Stati Uniti, esattamente come ti dissi poco fa, con sede a New York.

In questo caso, dovrai fare parte totalmente della Nostra Famiglia, perciò prima di partire, dovrai scegliere.

Se decidi d'essere un uomo d'onore lo devo sapere perché occorre darti l'investitura ufficiale con le mie stesse mani.

Hai capito?"

(Chi sacciu… ti voi iri a Nova Yorki, Boston, Chicago, a California?
Puri nu Canada si voi!
Scegli tu figghiu beddu.
Veramenti…
Pinuzzu du me cori, a essiri sinceru, vistu ca ci semu nu discursi, a mia facissi comudu aviri un collegamentu cu Nuova Yorki, tramiti na pirsuna fidata ca putissi essiti propri tu.
Dda avemu n'attività privata ca c'è bisognu d'allargari.
N'havissimu incrementari l'aspettu commerciali e criari un collegamentu chiù sicuru cu ddu postu.
Nui, ni nostri parti da Sicilia, pinzamu a raffinari a polvirina e poi a mannamu dda incapu.
Ma dimmi picciriddu miu…
Tu ti n'intendi di sti cosi o voi ristari luntanu da nostra famigghia d'onori?
Dimmillu subitu si vo ristari nu nostru ambienti oppuri…
Si u voi… ti trovu nu postu in quarche mercatu agricolu accussì ti guadagnu u panuzzu mudestamenti e nuddu ti darà fastidiu.
A mia, tu ripetu, servi na pirsuna ca ni fa di testa di ponti pi incrementari u nostru trafficu.
A concorrenza…
A maliditta concorrenza ni sta rovinannu.
Ci sunu i cinisi, i portoricani, i curdi, i turchi e ora si ci misiru puri l'armeni.
Ma se voi fari sta strata… Pinuzzu miu, arricchiri e fari a bella vita… sempri si ti piaci… allura, ascuta a mia …
Vattinni a Nuova Yorki e ti presenti o me refenti .

I forzi dill'ordini, na nostra isola, n'hanu ruvinatu u nostru trafficu e na picca di partite di materiali ni l'hanu sequerstrata, scuprennu i nostri laboratori na provincia di Palermu e Trapani, senza cuntari i tanti arresti di amici nostri.

Comunque, sta di fattu ca ni stu periudu, a nostra attività, sta subennu na sorta di maledizioni e si sta facennu difficilissima a nostra sopravvivenza.

Chiffà, figghiuzzu beddu, chi ni dici da mia idea?

Ti piacissi iri a Nuova Yorki?

Tu Ntuniuzzu!

Consigghialu!

Si voi, a to figghiu, dacci u to pareri e a to esperienza e poi mi sai diri qualè a risposta.

Pi essiri sicuru e pi lassariti libiru, figghiuzzu miu, ti priparu du tipi di littri, a prima pi dariti nu travagghiu semplici e comuni.

A secunna, pi l'amici nostri di Cosa Nostra, chiddi ca mettunu in collegamentu a Sicilia chi Stati Uniti, precisamenti comu ti dissi prima, a Nuova Yorki.

Ni stu casu, ricordatillu, tu farai parti in tuttu e pi tuttu, da nostra famigghia ed allura prima ca parti haiu a sapiri chi tipu di cristianu vo essiri.

Si dicidi d'essiri n'homu d'onuri, l'haiu a canusciri, pirchì prima di partiri t'haiu a dari a me investitura ufficiali chi me stissi manu.

U capisti?)

Passati alcuni giorni, Ntoniuzzu tornò da me e mi disse:

"Don Filicinu, mio figlio Pinuzzu, dopo quelle vostre parole, ha deciso di far parte della famiglia di Cosa Nostra.

Per essere iniziato, vuole avere l'onore che voi, già padrino della sua Cresima, foste anche il padrino della sua investitura, quando farà il giuramento d'onore, la cosiddetta iniziazione.

Sta scalpitando come un puledro selvaggio e non lo posso tenere più in casa.

Vuole partire quanto prima con la vostra approvazione.

Decida vossia quello e cosa dovrà fare… quando e come…

Lui sta aspettando fuori con la coppola in mano e s'agita come un cane rabbioso."

(Don Filicinu, me figghiu Pinuzzu, dopu ca ci dicistivu ddi paroli, decisi di fari parti da nostra famigghia.

E pi essiri iniziatu voli aviri l'onori ca vui, patrimu fusti pa cresimna e patrinu haviti a essiri quannu diciditi di farici fari u giuramentu d'onuri, a cosiddetta "iniziazioni".

Sta scalpitannu comun nu cavaddu sarvaggiu e nu pozzu teniri chiù in casa.

Voli partiri quantu prima ca vostra approvazioni.

Dicidissi vossia, chiddu e cosa hava a fari…. quannu e comu.

Sta aspittannu fora a porta, ca coppola in manu e s'agita come un cani arraggiatu.)

"Mi fa veramente piacere sentire quello che mi stai dicendo.

Vedrai che tuo figlio si farà strada e diventerà un pezzo grosso.

Te lo dico io Ntoniuzzu che me ne intendo di persone e di capacità.

Però, prima di fare la cerimonia iniziatica, il giuramento definitivo, devi farlo venire da me, a casa mia, a Pinuzzu, perché gli voglio parlare a quattr'occhi.

Io, da solo con lui, senza avere altre persone intorno.

Nessun altro!

Lo devo sentire con le mie orecchie quello che ha in testa e nel suo cuore.

E poi… lo devo informare sulle faccende importanti della nostra associazione.

Istruirlo spetta a me, il suo padrino!

Tu lo sai Ntonizzu mio fedele, quant'è importante la cerimonia e tuo figlio deve sapere e capire…!

Del resto, noi siamo come i preti.

Una volta presi i voti, quelli, rimangono sacerdoti per sempre.

Anche noi mafiosi, col giuramento, restiamo tali per sempre, senza la possibilità, per nessun motivo, di poter tornare indietro.

Il nostro giuramento, lo facciamo ancor più solenne, perché fatto col sangue.

Adesso puoi andare…

(Mi fa veramenti tantu piaciri pi chiddu ca mi stai dicennu.
Vedrai ca to figghiu sarà un pezzu grossu.
Tu dicu iu caru Ntoniuzzu, ca mi n'intendu di pirsuni e di capacità.
Però prima di fari a cerimonia iniziatica, u giuramentu definitivu, fallu viniri a me casa a Pinuzzu ca ci vogghiu parrari a quattr'occhi.
Iu sulu cu iddu, senza aviri autri pirsuni davanti.
Senza nuddu autru!
L'haiu a sintiri chi me oricchi chiddu ca c'havi in testa e nu so cori…
E poi… l'haiu delucidari supra i cosi impurtanti da nostra associazioni.
Istruillu spetta a mia, u su patrinu.
Tu u sai Ntuniuzzu miu fideli quantè importanti a cerimonia e iddu l'hava a sapiri e capiri!
Nui semu comu i parrini.
Chisti, na vota ca pigghianu i voti restanu preti pi sempri.
E puri nui mafiosi, na vota ca facemu u giuramentu resteremu tali senza possibilità, pi nessun motivo, di putiri turnari ann'arrè.
U giuramentu u facemu ancora chiù gravi pirchì è fattu cu sangu.
Ora vattinni.

"L'aspetto, il mio figlioccio Pinuzzu, domani sera, alle dieci e mezzo."

(L'aspettu u me fighiozzu Pinuzzu, dumani sira e deci e menza.)]

Alle dieci e venticinque, il giovane era già dietro la porta di casa del suo padrino, don Filicinu.

Attendeva impaziente, facendo avanti ed indietro come se avesse il fuoco sotto i piedi.

Già avvertito dalle mie guardie del corpo che fuori c'era il ragazzo, in stato di agitazione, lo vidi dietro la tenda di casa.

M'accorsi del nervosismo in cui versava quel mio figlioccio.
M'impietosii e feci riferire da uno di quegli uomini della mia guardia, che poteva entrare in casa.

"Ma come?
Stavi morendo dal freddo e non hai avuto il coraggio di bussare?"

(Ma comu?
Stavi murennu du friddu e nun hai avutu u curaggiu di bussari?)

"Non è che mi mancava il coraggio!
Le posso assicurare che l'ardimento non mi manca!
Aspettavo, solamente, che arrivasse l'orario preciso che mi aveva dato.
La puntualità… è puntualità!
Vossia, don Felicinu, merita il massimo rispetto ed io glielo devo dimostrare anche in queste piccole cose."

(Non è ca nun haviva curaggiu!
Ci pozzu assicurari ca l'ardimentu nun mi manca!
Sulu aspittava ca arrivava l'orariu giustu ca m'haviva datu.
A puntualità… è puntualità!
Vossia, don Filicnu, merita u massimu riuspettu ed iu ci l'haiu a dimustrari puri ni sti piccolezzi.)

"Sono sfumature di second'ordine!
Devi imparare piuttosto ad essere pratico, sfrontato ed intraprendente.
Però la tua puntualità, devo dire la verità…
Tutto sommato mi piace e ti fa onore.
Si vede da ciò il rispetto e la considerazione che hai per le persone.
Adesso siediti accanto a me.
Ti devo parlare di cose importantissime che le tue orecchie non hanno mai ascoltato prima.
Ricordatelo…!
Devi tenere nel tuo cuore tutto ciò che ti dirò.
Le mie parole non li dovrai riferire a nessuno.
Le devi scrivere nella tua mente, come scolpite in una pietra di granito.
Sono pericolose per chi non comprende il significato, l'impegno che ci sta dietro.

Quelle che ti dirò, una volta pronunciate, t'impegneranno sino al sacrificio della tua vita, anche per uno dei tuoi fratelli d'onore."

(Minchiateddi ...
Sfumaturi di second'ordini sunu!
T'ha imparari a essiri praticu, sfruntatu ed intraprendenti!
Però a tò puntualità, ti vogghiu diri tutta a verità...
Tuttu summanto... mi piaci... e ti fa onori.
Si vidi ddocu u rispettu e a considerazioni ca c'hai pi pirsuni.
Ora assettiti vicinu a mia.
T'haiu a parrari di cosi importantissimi ca i to auricci nun hanu mai sintutu prima.
Rocordatillu...!
T'ha tiniri nu to cori tuttu chiddu ca ti dicu.
I me paroli a nuddu s'hana a diri!
L'ha sciviri na to menti comu si fussiru scolpiti ni na petra, nu granitu.
Sunu piriculusi pi cu nun capisci u significatu, l'impegnu ca ci sta di d'arrè.
Cu chisti ca ti dicu, na vota pronunciati, t'impegni finu a dari a vita pi unu di to parenti, o megghiu, pi to frauzzi d'onuri.)

"Sciocchezze...
È necessaria, don Filicinu, tutta questa cerimonia che mi sembra una sceneggiata vera e propria?"

(È necessaria, don Filicinu tutta chista cerimonia ca mi pari na sceneggiata vera e propria?)

"Che vai bestemmiando figlioccio mio!
Le cose nostre serie sono!
Per adesso non puoi capire bene l'importanza che ha la primogenitura in Cosa nostra.
Dopodomani sera verrai con me, nella mia macchina e ti porterò nella mia villa, lontana dal paese.
Nel cortile, ci saranno tutti i picciotti che lavorano nella nostra cosca e saranno schierati ai lati.

Con te al centro, cominceremo la vera e propria cerimonia, secondo quello che prevede l'iniziazione.

Proprio io, solennemente ti elencherò, davanti a tutti, le regole più importanti da seguire.

La prima è che ogni uomo d'onore, come lo sarai tu, ha il dovere di proteggere, sempre ed ovunque, un fratello latitante e se poi ce ne sarà di bisogno anche tenerselo in casa e nasconderlo.

Rischierà la morte, l'affiliato che si rivolgerà o farà una qualsiasi denuncia alla Forza pubblica o peggio, la spia.

Inoltre... non dovrà mai rubare.

Insomma dopo l'elencazione delle regole da osservare perché sono quelle la nostra legge, avverrà il momento cruciale del giuramento che dovrà essere sigillato col sangue.

Come se fosse un nuovo battesimo, una rinascita ed una vita diversa e scegliessi un'altra religione abbandonando quella vecchia precedente.

Io prenderò un ago e prima di bucarti il dito ti chiederò con quale mano spari.

Quando tu mi risponderai che usi la mano destra, ti bucherò il dito, e precisamente l'indice, quello che utilizzerai proprio per sparare e premere il grilletto.

Ti uscirà un poco di sangue che facendolo cadere sopra l'immagine sacra della Madonna, darà al rito l'aspetto proprio della sacralità del giuramento e l'importanza di quello che si fa.

Accenderò dopo un fiammifero e brucerò il lembo dell'immaginetta e ti chiederò di tenertela in mano fino a quando non si brucerà completamente con tutto il sangue.

In questo modo, tutto si trasformerà in cenere.

Come la cenere non potrà mai tornare ad essere l'immaginetta di prima, così un uomo d'onore che appartiene a Cosa Nostra non potrà più tornare ad essere quello di prima.

Se un affiliato tradirà, brucerà come quella!

Il nuovo entrato dovrà essere disposto a versare il suo sangue per tutti i suoi fratelli che non potrà mai abbandonare.

Soltanto quando il giuramento sarà finito, tutti i presenti potranno avvicinarti e baciarti.

In questo modo, sarai accolto da tutti quelli che saranno i tuoi nuovi parenti e fratelli.

Il sangue, figlioccio mio, significa che tu, rinascendo a nuova vita, trascinerai con te, i nuovi parenti, cioè tutti noi.

Col sangue si entra nella nostra associazione e solo col sangue se ne può uscire, morendo magari ammazzato.

Con questo rito, diventerai un uomo d'onore e lo sarai per tutta la tua vita.

Questa è la prassi che usiamo nella nostra cosca.

Adesso che t'ho detto queste cose, sei ancora convinto?

Questra frase te la chiederò sino all'ultimo momento!"

(Chi vai dicennu figghiuzzu miu!

I nostri cosi seri sunu.

Tu nun po' capiri pi ora, l'importanza ca c'havi a promogenitura in Cosa Nostra.

Dopudumani sira, ti ni veni cu mia, ca me machina e ti portu na me villa luntanu du paisi.

Nu curtili ci sarannu tutti i picciotti ca travagghianu na nostra cosca e sarannu misi o latu.

Cu tia o centru cominceremo a vera e propria cerimonia secunnu chiddu ca previdi l'iniziazioni.

Propriamenti iu, solennementi, ti elencherò, davanti a tutti i reguli chiù importanti.

A prima è ca ogni homu d'onori comu sarai tu, ha il dovere di proteggere sempri e ovunqui un frati latitante e poi, se ce ne sarà di bisognu, puri tinirisillu in casa e ammucciallu.

Rischia a morti l'affiliatu ca si rivolge o fa una qualsiasi denuncia alla forza pubblica o peggiu fa a spia.

E poi ancora...

Non havi mai rubare

Dopo st'elecazioni ca s'hava a osservari pirchì è a nostra liggi, caro Pinuzzu du me cori, avverrà u mumentu cruciali du giuramentu ca hava essiri sigillatu cu sangu.

Comu si fussi nu battesimu novu, na rinascita a na vita tutta diversa, comu si sciglissiti n'autra religioni, abbannunannu chidda vecchia precedenti.

Iu piggherò un agu e prima di bucarti u itu ti dumannerò cu quali manu spari.

Quannu tu mi rispunnerai che usi la manu destra ti bucherò u itu, precisamenti l'indici, chiddu ca usi pi sparari e premiri u grillettu.

Ti farò nesciri un pocu di sangu, facennulu cascari appositamenti, supra l'immagine sacra da Madunnuzza, pi darici propriu l'aspettu da sacralità du mumentu e l'importanza di chiddu ca si fa.

Poi addumerò nu pospiru e brucerò u lembu dell'immaginetta e ti dumannerò ancora di tinilla in manu, finu a quannu non s'avvamperà completamenti cu tuttu u sangu.

Accussì, ogni cosa, si trasformerà in ciniri.

Comu a ciniri non po' turnari ad essiri l'immaginetta di prima, accussì un homu d'onuri ca apparteni a Cosa Nostra, non po' turnari chiù ad essiri chiddu ca era prima.

Chistu significa ancora, ca se un affiliatu avissi a tradiri, brucerà comu chidda immaginetta.

U novu entratu, ha essiri dispostu a virsari u so sangu per la fratellanza ca nun si po' mai chiù lassari.

Sulu quannu u giuramentu sarà finitu, tutti i presenti potrannu avvicinari a vasariti.

Ni stu modu sì accoltu da tutti chiddi ca sarannu i tò novi parenti e fratuzzi.

U sangu, figghiuzzu miu, significa ca tu rinascennu a na nova vita, cu tia, ti trascini puri na nova parentela.

Cu sangu si trasi na nostra associazioni e sulu cu sangu si po nesciri murennu macari ammazzatu.

Ni stu modu diventerai un homu d'onori e lu sarai pi tutta a to vita.

Accussì è a prassi ca usamu na nostra cosca.

...

Ora ca t'haiu dittu sti cosi, sì ancora convintu?

Chista frasi ta dumannerò sinu all'urtimu mumentu.)

"Don Felicino ...!

Una sola parola ho e basta!

Quando dico una cosa, quella deve essere, ad ogni costo."

(Don Filicinu... !

Na sola parola haiu e basta!
Quannu dugnu na parola chidda sula hava essiri a ogni costu.)

E così, carissimo professore mio, ho finito di raccontare la storia del mio figlioccio Pinuzzu che da quando si trasferì in America lo chiamarono tutti don Joseph.
È inutile dirle che a New York il figlioccio mio fece fortuna e diventò un pezzo grosso d'onore e fa, oggi, da collegamento, col nostro commercio, tra la Sicilia e l'America.
Ha un posto ed un ruolo invidiabili e di grande prestigio.
Quando mi telefona, per quei pochi minuti che posso parlare, non fa altro che ringraziarmi e non sa come fare per dimostramelo.
Mi dice che m'aspetta in America e che mi verrà a prendere, personalmente fino all'aeroporto con una delle sue limousine.
Oramai il mio figlioccio ha preso davvero il volo.
Chi lo fermerà più?
Chi lo potrà fermare…?
Ha la stoffa e farà ancora tanta strada
Che cosa vuole professore mio…
Lo vede anche lei che ne ho fatto tanto di quel bene in questo mondo!"
La mia filosofia è che bisogna farlo e poi si deve scordare se non si vogliono avere amare delusioni.

(E accussi, carissimu prefessuri, ci finiu di cuntari a stroria du me figghiozzu Pinuzzu ca da quannu si trasfirì in america, u chiamanu tutti don Joseph.
È inutili dirici ca dda, in America, a Nuova Yorki, u figghiozzu miu fici fortuna e divintò un pezzu grossu di tuttu rispettu e ni fa, tutt'oggi, di collegamentu, nu nostru commercio tra a Sicilia e l'America.
Havi un postu e un ruolo invidiabili e di granni prestigiu.
Quannu u sentu pi telefunu, ni ddi pochi minitu ca pozzu parrari, nun fa autru ca ringraziarimi e nun sapi mai comu fari, pi dimustrarammillu.
Mi dici ca m'aspetta in America e ca mi veni a pigghiari pirsunalmenti, puri all'aeroportu, cu una de so limousine.
Oramai u me figghiozzu pigghiò u volu.

Patri, Patrinu e Patruni

Cu u ferma chiu?
Cu u po' firmari...!
Iddu havi stoffa e farà ancora strata...
Chi boli prefessureddu miu...!
U vidi pure lei ca n'haiu fattu tantu di beni ni stu munnu!
A me filosofia è ca u beni si fa e poi s'hava a scurdari si nun si voli
aviri amari delusioni.)

È SEMPRE IL PADRONE QUELLO CHE COMANDA

È sempri u Patruni chiddu ca cumanna

- Adesso ascolti me, professore carissimo, perché le sto parlando seriamente.

In cielo, come ebbi modo di dire, comanda il Padre Eterno, che può decidere ciò che vuole.

E su questo non ci piove!

Qua sotto, in questa terra, mi riferisco alla mia zona e al mio territorio, comando proprio io, modestamente parlando.

E perciò faccio quello che cazzo mi pare!

Decido la vita e la morte di chi mi sta sullo stomaco, ma sicuramente mi riferisco a quelle persone che mi hanno fatto un torto o una mala parte, un'offesa... che so... un'angheria o una prepotenza...!

Certe volte....

A voscenza sembra che scherzi...

Mi vede sempre ridere, tranquillo e sereno, trastullare allegramente...!

Col cazzo che rido...!

Sapesse quante risate amare ho dovuto fare e quante volte ho allargato la bocca per accennare una finta contentezza, quando invece avrei voluto tenere in mano una pistola e sistemare tutto, senza chiacchiere e discussioni di minchia.

A me, la gente che parla troppo, le dico la verità, mi fa puzza di becchino.

Con me mezza frase è già troppa...!

Mi viene da vomitare ascoltare quelli che non fanno altro che dire bla bla bla bla.

Le parole, per come le concepisco io devono essere misurate...

Tante quante bastano.

Mai troppe, in continuazione e senza freno.

Mi fanno schifo le persone, quelle logorroiche ...

Si dice così no...?

Nel nostro mestiere sono i fatti e la sostanza che devono parlare.

Tutto il resto, minchiate inutili sono e me ne strafotto delle ciarle che si dicono per chi vuole illudersi.

Avrei di che raccontare, a voscenza, professore mio, di storie di vita e di morte...

Ne ho tanta, sopra la coscienza, di gente ammazzata che, come dissi una volta a un amico mio, potrei riempire pure un cimitero intero.

(Ora sintissi ancora a mia, prefessureddu du me cori... ca ci staiu parrannu chiù seriamenti.

Dda supra, comu ebbi occasioni di dirici na vota, mi riferiscu o cielu, cumanna u Patri Eternu ca po' decidiri chiddu ca è giustu o menu.

Ma ca sutta, ni sta terra dura e ingrata, mi riferisciu a me zona e o me territoriu, cumannu iu modestamenti parrannu.

E fazzu chiddu ca cazzu mi pari e piaci.

Iu decidu a vita e a morti di cu mi sta supra o stomacu, ma certamente mi riferiscu a chidda genti ca mi fa nu sgarru, na mala parti, n'offesa o... chissacc'io... n'angheria...

Certi voti...

A voscenza ci pari ca scherzu!

Mi vidi sempri ridiri, tranquillu e serenu, schirzari e babbiari allegramenti!

Cu cazzu ca ridu...!

Sapissi quanti risati amari haiu duvutu fari e quantu voti haiu allargatu a vucca pi accennari a finta cuntintizza, quannu inveci, avissi vuluti tiniri in manu a pistola e sistimari tuttu, senza chiacchieri e discussioni di minchia.

A mia a genti ca parra troppu, ci dicu a virità, mi fa fetu di becchinu e di beccumi

Cu mia mezza frasi è già supercia!

Mi fanu vomitari chiddu ca nun fanu autru ca diri bla...bla... bla... bla e bla.

I paroli, pi chiddu ca ni sacciu iu hana essiri misurati...

Tanti quanti bastanu.

Mai superci senza sosta e senza frenu... ni supportu.

Mi fanu schifu i pirsuni chiddi... logorroici.

Si dici accusì no?

Patri, Patrinu e Patruni

Nu nostru misteri, i fatti e a sustanza hana a parrari.
U restu sunu minchiati inutili e mi ni strafuttu di ciacciri ca si diciunu pi chiddi ca si vonu illudiri.
Havissi di chì cuntari a voscenza, prefessureddu miu, di storie di vita e di morti…
Ci n'haiu tanti supra a cuscenza, di cristiani ammazzati ca comu dissi a n'amicu miu, midemmi iu, putissi allinchiri nu cimiteru.)

- Vossia, don Filicinu, in questo momento si sta cambiando in viso e mi sembra di vedere un'altra persona.
Mi pare, con tutto rispetto, un diavolo dell'inferno!
Come fa ad essere una persona diversa di quella di poco fa?

(Vossia don Filicinu, si sta stracangiannu na facci e mi pari di vidiri n'autru cristianu.
Mi sembra cu tuttu rispettu, un diavulu dill'infernu.
Comu fa ad essiri na pirsuna diversa di chidda d'andura?)

- Lo sta capendo solo adesso?
Noi abbiamo non una o due facce, ma molte ne dobbiamo possedere.
Tante quante sono le occasioni che si presentano ogni volta.
Noi non teniamo un volto ma maschere, proprio come quelle di carnevale e nessuno deve scoprirci, soprattutto da ciò che mostriamo apparentemente.
Nessuno deve sapere i piani segreti della nostra mente.
Se non facciamo così ci rimettiamo la nostra stessa vita.
Dobbiamo sempre far finta di nulla e se vediamo sangue dobbiamo restare impassibili come i chirurghi, indifferenti, freddi e distaccati.
Se sentiamo maledizioni, minacce e diavolerie varie, sordi dobbiamo essere e, se possibile, farci sopra una risatina di compiacimento e di distacco.
Quello che sentiamo dentro, nel cuore e nella mente, nessuno lo deve scoprire perché così sono fatti gli uomini di Cosa Nostra.
Dobbiamo ridere o fare finta di piangere quando proprio non ce n'è di bisogno.

E lo dobbiamo palesare, per non dimostrare ciò che coviamo dentro, come se avessimo un nido di serpenti.

Noi siamo... anzi dobbiamo essere cinici, sprezzanti, vendicativi e crudeli.

Certe volte, ci piace godere quando vediamo il male che facciamo per una spietata vendetta, come se fosse un'opera d'arte straordinaria.

Voscenza, professore caro, non può capire il piacere che provo quando mi vendico con un disgraziato traditore e infame che mi ha danneggiato nelle tasche e nell'onore...

Che c'è cosa più dolce del sapore della vendetta?

Tranquilli e sereni, felici come una pasqua ci tocca apparire.

I nostri nemici non devono capire e mai sospettare che noi sappiamo tutto e siamo pronti a reagire con la stessa misura, se non peggio, con accanimento e con punizioni esemplari.

Dobbiamo restare freddi e sereni...

Inespressivi.

Uccidere con la pistola o con un altro strumento di morte è indifferente, tranne quando vogliamo lanciare un messaggio.

Lo scopo è, e deve essere... uno solo.

Dopo che completiamo e sistemiamo una decisione di morte ce la dimentichiamo subito.

Finita una storia di malaffare, dobbiamo passare alla successiva che merita meglio la nostra attenzione.

I fatti passati chiusi e sepolti col sangue non ci riguardano più.

Appartengono alla morte.

Lasciamo l'acqua ed il vento dietro le spalle e guardiamo sempre avanti.

Le cose che invece devono succedere, quelle sì che meritano tutta l'attenzione e la precisione di questo mondo.

Il potere, professore mio, non ci cade per caso in testa come la manna dal cielo o per generosità di qualcuno.

Il potere e l'onore lo conquistiamo giorno dopo giorno e momento dopo momento con le nostre stesse mani.

Le vede le mie mani...?

Sapesse quante cose le potrebbero raccontare e quanto sangue hanno fatto scorrere...!

Non possiamo sgarrare di nulla perché se per caso ci distraiamo, quello è il momento giusto per gli altri di fotterci, a rischio della vita e dell'organizzazione.

Stia attento e le raccomando, professore carissimo a non pestare mai i piedi alle persone di Cosa Nostra.

La sto avvertendo e le dico queste cose per il suo bene.

(Ora u sta capennu?

Nui havemu non una o dui facci, ma tanti n'hama pussediri.

Tanti quanti sunu l'occasioni ca si presentanu ogni vota.

Nui non avemu facci, ma maschiri, propriu comu a chiddi di carnivali, e nuddu po scrupriri mai, di chiddu ca mustramu di fora, i piani ca invece ammucciamu na nostra menti.

Si nun facemu accussi ci rimittemu a peddi.

Certi voti hama fari finta di nenti e si videmu sangu, hama essiri comu i chirurghi, impassibili e indifferenti, friddi e distaccati.

Si sintemu maledizioni, minacci e diavolirie varie, surdi hama essiri!

E se possibili farici na risatedda di compiacimentu e di superficialità.

Chiddu ca sintemu dintra nu cori e na menti, nuddu l'hava a scupriri, pirchì accussì semu fatti l'homini di Cosa Nostra.

Hama a ridiri e fari finta di chiangiri quannu invece in certi circustanzi, nun ci n'è di bisognu.

E l'hama a fari pi non dimostrari chiddu ca cuvamu comu si fussi nu nidu di serpenti

Nui semu... anzi, hama essiri cinici, sprezzanti, spietati, vendicativi, crudeli.

Certi voti ni piaci puri godiri quannu videmu u mali ca facemu, pi na spietata vendetta, comu si fussi n'opera d'arte straordinaria.

Voscenza, prefessureddu miu, nun sapi u piaciri ca ci provu quannu mi vendicu cu nu disgraziatu tradituri e infami ca m'ha danneggiatu ni sacchetti e nill'onuri...

Chi c'è cosa chiù duci di stu sapuri!

Tranquilli, sereni e felici comu na pasqua hama essiri sempri.

I nostri nemici nun hana a capiri e né suspittari ca nui, invece, sapemu tuttu e semu pronti a reagiri ca stessa misura se non peggio, cu accanimentu e punizioni esemplari.

Ammazzari cu na pistola o cu n'autru strumnetu di morti, macari chi nostri stissi manu è na cosa indifferenti.
U scopu è unu solu….

…..

Dopo ca completamu e sistimamu na partita di morti, na scurdamu subitu, pirchì finuta na storia di malaffari hama a passari a n'autra, ca merita megghiu e di chiù a nostra attenzioni.
I cosi passati ca nui chiudemu cu sangu… nun ci riguardano chiù.
Appartenunu a morti.
Lassamu l'acqua e u ventu darreri i spaddi e taliamu sempri avanti.
I cosi ca inveci hana succediri, chiddi sì, ca meritanu tutta l'attenzioni e a precisioni di stu munnu.
U poteri, prefessuri miu, nun ni casca pi casu na testa comu na manna du cielu o per generosità di quarcheduno.
U poteri e l'onori, nu conquistamu, iornu dopu iornu e mumentu dopu munentu chi nostri stissi manu.
I vidi i me manu…?
Sapissi quantu cosi ci putissiru cuntari e quantu sangu hanu fattu scurriri…!
Nun putemu sgarrari mancu n'istanti, pirchì se pi casu ni vutamu a facci di n'autra parti, chiddu è u mumentu giustu pi farini futtiri, cu rischiu pa nostra vita e di chidda dill'organizzazioni.
Stassi accura e ci u raccumannu puri a lei prefessureddu miu di non pistari mai i pedi a genti d'onuri.
Iu u staiu avvirtennu e ci dicu sti cosi pu so beni.)

- Non ho compreso chiaramente questo suo passaggio diretto a me don Felicino!
Mi vuole minacciare per caso?
Come?
Se sono venuto, costretto, proprio per vossia?
Adesso mi fa questi discorsi strani di cattivo presagio?
Io non ho pestato i piedi mai a nessuno.
Sto attento dove cammino perché non voglio far del male neanche ad una formica che attraversa la strada per procurarsi da mangiare…
Figuriamoci tutto il resto ..
Se pesto i piedi ad altre persone!

E poi, don Filicinu mio, con quelle persone cui lei fa riferimento non ho mai avuto niente a che fare e mai avrò modo di avercene ...

(Nun l'haiu caputu beni chiddu ca mi voli comunicari don Felicino!
Mi voli propriu minacciari?
Comu?
Se haiu vinutu propriu pi vossia?
Ora lei mi fa sti discursi strani e di tintu presagio?
Io nun pistu i piedi a nuddu.
Staiu pure attentu unni i mettu pirchì non vogghiu mancu fari mali a na formicula che attraversa a so strada per procurarsi u mangiari...
Figuramici u restu...
Se pistu i pedi ad autri persuni...!
E poi, don Filicinu miu... cu chiddi persune cui lei fa riferimentu, nun n'haiu mai avutu nenti a chi fari e mai avrò modo di avercene.)

- Parole...
Parole sono le sue...
Lei neanche lo sa.
E sicuramente non se n'è mai accorto.
Ha stretto la mano a tanti uomini d'onore, quelli che magari le sono parsi personaggi semplici, nullatenenti, insignificanti.
Sorridenti, rispettosi, disponibili ed e che le hanno fatto un sacco di complimenti.
Abbiamo tutti un'aria tranquilla e rassicurante per dar modo d'attirare la fiducia e l'affidamento.
E lì cade l'asino...
Perché dietro a questi signori così ossequiosi si nasconde l'uomo, quello di Cosa Nostra, vero e pericoloso quando necessario.
Glielo dico io che è così.

(Paroli...
Paroli sunu i sua.
Lei mancu u sapi e...
Sicuramenti mancu si n'ha mai accurgiutu.
Ha stringiutu a manu a tantissimi homini d'onori, chiddi ca macari c'hanu parutu pirsunaggi semplici, nullatenenti, insignificanti.

Sorridenti, rispittusi, disponibili, ossequiusi e ca c'hanu fattu un saccu di beddi complimenti.
Avemu tutti n'aria tranquilla e rassicuranti, pi dari modu d'aviri fiducia e affidamentu ni nui, genti d'onori.
Ddocu casca u sceccu.
Pirchì d'arrè a sti signori accussì ossequiosi, s'ammuccia l'homu chiddu di Cosa Nostra, veru e periculusu.
Ci u dicu iu ca è accussì!)

- E che colpa ne ho se mi hanno dato la mano?
Dovrei preoccuparmi?
Devo avere, secondo lei, timore di qualcosa?

- Comunque,
lasciamo perdere che è meglio.
Voscenza non ci pensi più!
Faccia finta che le ho detto una sciocchezza…
Un'emerita minchiata.
A noi, certe volte, piace esprimerci in questo modo, leggero e magari ridicolo…
Le cose serie e importanti le comunichiamo, qualche volta, parlando con sottintesi …
E pure scherziamo e raccontiamo barzellette come se dicessimo cazzate e scemenze senza senso apparente.
Invece, sotto le nostre parole, chi ha un poco di intelligenza capisce che abbiamo lanciato i nostri messaggi e la nostra sentenza, quella decisiva, pericolosa e irrevocabile.
Adesso chiudiamo qua questa discussione e parliamo d'altro.
E possibile che lei non capisca una minchia di nulla e poi debba ripetere, chiarire e specificare certe cose, ancora molto più riservate.
Che mi tocca fare dopo?
Il professore ad un professore come lei?
Mi manca pure questo mestiere come se quello che faccio non mi bastasse!
Le sembra bello e dignitoso questo discorso?

(Comunque…

Lassamu perditi ca è megghiu.
Voscenza nun ci pinzassi chiù!
Facissi finta ca ci dissi na bedda fissaria... 'nemerita minchiata.
A nui, certi voti, ni piaci esprimerci ni stu modu leggeru e macari ridiculu...
I cosi seri e importanti i comunicamu quarche vota... parrannu cu i sottintesi...
E puri fissiannu e babbiannu comu si dicissimu cazzati e scimenzi senza sensu.
Ma sutta i nostri paoli, cu c'havi tanticchia di comprendoniu, scutassi a mia, capisci ca hamu datu i nostri messaggi e a nostra sentenza, chidda definitiva, piriculusa e irrevocabili.
Ora chiudemula cà sta discussioni e parramu d'autru ca è megghiu pi tutti.
È capaci ca voscenza macari nun capisci na minchia di nenti e poi mi tocca chiariri e spicificari certi cosi risirvati.
Chi haiu a fari?
U prefessuri du prefessuri?
Mi manca puri stu misteri comu se chiddu ca fazzu nun mi bastassi e m'assupirciassi.
Ci pari bellu e dignitusu stu discursu?)

- Come vuole lei don Felicinu!
Mi sembra che vossia voglia fare carte e primiera.
A dire la verità, di tutto quello che mi ha detto non è che abbia capito molto...
Mi ha parlato di vendette...
Sottintesi...
Sorrisi e ammazzatine...
Che senso hanno, ai nostri giorni, queste rivendicazioni a senso unico?

(Comu vule lei don Felicinu.
A dire la verità, di tutto chiddu ca m'ha dittu non è che haiu caputu assai...
Mi parrà di vendette...
Sottintesi...

Sorrisi e ammazzatine...
Ma chi sensu hanu e nostri tempi sti rivendicazioni a senso unico?)

- Gliel'ho detto professore caro di lasciare perdere...
Piuttosto ascolti quello che sto per dirle...
Intanto, visto che voscenza si trova in casa mia, vuole accettare, se gradisce, un invito a pranzo?
Cose semplici mangiamo...
Con l'occasione le farò conoscere mia moglie e la mia figliola che sembra una bambolina della vetrina dei negozi di Via Libertà a Palermo.

(Ci dissi prefessuruzzu miu di lassari perdiri.
Chiuttostu ascutassi chiddu ca ci vogghiu diri...
Intantu, na vota ca voscenza si trova cà, in casa mia, voli accettari, si c'ha grada, n'invitu a pranzu?
Cosi semplici mangiamu....
E cu l'occasioni ci fazzu caniusciri me muggheri e a me figghiuzza ca pari na bambola chidda esposta na vetrina da Via Libertà in Palermu.)

- La ringrazio don Felicinu ma non voglio disturbare minimamente.
Preferisco tornarmene a casa e riposarmi un poco.
Lei ha la sua famiglia ed io la mia...
Devo dare conto ai miei, giacché vossia mi ha impegnato tante ore della giornata ad ascoltarla e a scrivere parte della sua storia.
Non mi voglio con ciò lamentare...
E non voglio certo rifiutare il suo invito.
Ci mancherebbe altro...
Anzi mi sento onorato...
Però si è fatto tardi.
Questa storia è una cosa interessante; i lettori possono conoscere tante cose fantastiche accadute nel suo ambiente.
Capire come e perché succedono, chi ci sta dietro e chi muove le fila...
Comunque grazie lo stesso per il cortese invito.

Ci rivedremo nel primo pomeriggio, così potremo, se possibile, completare la chiacchierata e concludere, possibilmente, il nostro incontro.

- Le chiama fantasticherie le cose che ho detto?
Lo vede professore mio che è lei a prenderle sotto gamba?
Le sottovaluta perché non ne capisce bene l'importanza.
Parlare con lei mi rendo conto che è inutile…
Importante è che scrive ciò che dico…
Ha proprio ragione.
Se ne torni a casa.
Faccia con comodo e nel pomeriggio ci rivedremo.
La saluto professore mio!
….
Pasqualino…!
Dove ti sei cacciato?
Accompagna con la mercedes e subito il professore e poi torna perché devi sbrigare altre faccende.
Riportami il nostro amico, nel pomeriggio, alle tre e mezzo, dopo che mi sveglio dal mio solito pisolino pomeridiano.
Mamma…!
Dove sei finita?
È pronto da mangiare?
Lo sai che se non mi siedo a tavolo all'orario, dopo mi va via l'appetito.
Cristina …!
Perché non scendi per il pranzo?
La tavola l'ha apparecchiata donna Milina?
Mamma l'hai buttata la pasta?
Ascoltami tu Milina, il pesce fresco me lo devi preparare a brodo, come piace a me, con l'aglio, l'olio, il prezzemolo, un tantino di peperoncino e una fettina di limone sopra.
Desidero mangiare leggero.
Sai che sono delicato di stomaco e in questi giorni non voglio appesantirmi.
Tu conosci i miei gusti.
Mi hai visto nascere e ti considero come una madre.

(Li chiama fantastiche i cosi che iu c'haiu dittu?
U vidi prefessuri miu ca lei i pigghia sutta iamma?
I sottovaluta pirchì non capisci beni l'importanza.
Ma parrari cu lei, mi rennu cuntu, ca è inutili..
Importanti è ca scrivi chiddu ca ci dicu...
Havi ragiuni a tornarisinni a casa....
Facissi cu comudu e pomeriggiu ni videmu...
A saluti prufessureddu miu!

....

Pasqualinu ...!
Unni si?
Accumpagna ca mercedesse, subitu, u prefessuri e poi torna cà pirchì ha fari autri surbiza.
Poi riportami l'amicu nostru nu pomeriggiu, e tri e menza, dopu ca mi fazzu u pisolinu du dopu pranzu.
Mamà!
Unni sì?
È prontu u maggiati?
U sai ca all'orariu si nun m'assettu a tavola poi mi svania a fami?
Cristina!
Chiffà non scinni ca sutta?
A tavula a cunsò a 'gnura Milina?
E a mamà... c'ha calò a pasta?
Senti Milinuzza bedda u pisci frisciu, mi l'ha priparari a brodu, comu piaci a mia, cu l'aghiu, ogghiu, prezzemulu, nu pocu di peperoncinu e cu na fetta di limoni.
Leggeru vogghiu magiari ca sugnu delicatu di stomacu ni sti tempi e poi... nun mi vogghiu appesantiri..
Milina tu i canusci i me gusti!
Mi vidisti nasciri e ti cunsidiru oramai comu na secunna matri.)

- [Milina]: Mi hai fatto vedere guai da piccolo don Filicinu!
Non volevi mangiare neanche se ti costringevo con la forza.
Dovevo rincorrerti per le stanze e afferrarti.
Non c'era verso di persuaderti e non ne volevi sapere d'aprir bocca.
Per natura sei stato come se avessi la bocca cucita.
Poi col tempo sei cambiato ma di poco...

Eppure ne ho visti di guai per causa tua...

(Mi ni facisti vidiri guai quann'eri picciriddu don Filicinu...!
Nun vulivi mangiari mancu si ti custringiva ca forza.
T'haviva assicutari ni stanzi p'affirrariti...
Pigghiatu chi boni o chi tinti, nun ni vulivi sapiri di rapiri a vucca.
Ha statu sempri di natura comu si l'havissiti daveru cusuta...
Poi cu tempu cangiasti ma di pocu....
Ma ni vitti guai...)

- Stai zitta e non ripetere sempre le stesse cose.
Ecco.
Finalmente ho la famiglia riunita.
Adesso che quel benedetto professore se n'è andato... raccontami
moglie mia come hai passato il tempo in città?
Che cosa hai comprato?
Qualcosa di buono?
E tu figliola mia Patrizia, che cosa hai fatto durante la mattinata?

(Muta stai e non ripetiri sempri i stissi cosi.
Eccu!
Finarmenti c'haiu a famigghia riunita.
Ora ca ddu binidittu prefessuri si ni iu...
Cuntami mugheruzza mia comu passasti u tempu in città?
Chi accattasti?
Quarche cosa di bonu?
E tu figghiuzza mia Patrizia c'ha fattu tuttu u iornu?)

- Papà per adesso non mi sento di parlare...
Sono stanca dopo aver trascorso una mattinata intera a scuola.
Oggi abbiamo fatto sciopero per reclamare i nostri diritti.
Questo è il terzo giorno che facciamo l'occupazione a scuola.

(Papà pi ora nun mi sentu di parrari...
Sugnu stanca da matinata passata a scola...
Oggi ficimu sciopiru pi riclamari i nostri diritti.
Chistu è u terzu iornu ca facimu l'occupazioni da scola.)

- Giustissimo figlia mia bella...
Gli scioperi ci vogliono perché se non si fa così, i personaggi che stanno in alto non vi danno retta.
È un vostro sacrosanto diritto...
Vi dovete sempre lamentare voialtri...
Tranne nel nostro mestiere dove è vietato aprire bocca.
Ma dimmi Patrizia di papà ...
Per quale motivo avete fatto questo sciopero?
Stai attenta che se poi ti faranno un rapporto e manderanno a chiamare i genitori, tua madre si dovrà disturbare a parlare con i professori!

(Giustissimu... figghia mia bedda.
I sciopiri ci vonu pirchì si nun si fa accussì i pirsunaggi ca stanu all'altu mancu vi sentunu.
È vostru sacrosantu dirittu.
V'havuti sempri lamintari vuautri picciotti.
Tranni nu nostru misteri...
Unni è vietatu apriri a vucca.
Ma dimmi Patriziuzza bedda.
Pi quali motivu facistivu stu sciopiru?
Stai attenta ca si poi ti fanu nu rapportu e mannanu a chiamari i genitori è a to matruzza ca s'hava a disturbari a parrari che prefessuri.)

- Veramente papà neanche io so il motivo con precisione...
Le solite cose...
Le tasse troppo alte...
La riforma della scuola...
Il sei politico...

(Veramenti... papà... mancu iu u sacciu con precisioni u motivu ...
I soliti cosi.
I tassi troppi alti...
A riforma da scola.....
U sei politicu...!)

- Il sei politico…?
E che cos'è questa novità?
Dimmi Patrizia di papà… che vuol dire il "sei" politico?

(U sei politicu…?
E chi è sta novità…?
Ma dimmi Patrizia du papà chi vordiri u "sei" politicu?)

- Significa che per chi studia e chi non studia, la sufficienza, i professori, la devono garantire lo stesso.
Del resto, per noi studenti è già una fatica andare a scuola, perciò già la nostra presenza deve garantire la votazione minima per avere la promozione.

(Significa ca o studiamu o non studiamu a sufficienza i prefessuri ni l'hana a garantiri u stissu.
Del restu, pi nui studenti già è na fatica iri a scola e perciò, quantu menu n'hana assicurari ca sula nostra presenza, na votazioni minima di "sei" pì haviri a promozioni.)

- Bella cosa è questa!
Mi sembra una bella invenzione di una minchia!
A chi è venuta in testa questa stronzata?
Scusami figliola per la parolaccia che mi è scappata dalla bocca.
Io le brutte parole le dico solo per farti capire che tu, proprio queste, non le devi neanche pronunziare…
Ai miei tempi, questa faccenda del "sei" politico, non esisteva proprio.
Chi non studiava pigliava soltanto bacchettate, legnate e pedate in culo.
Certo sarebbe un bel riconoscimento il vostro.
Chiariscimi figliola mia, il "sei" poi ve lo hanno garantito?

(Bedda cosa è chista…
Mi pari na bella invenzioni di na minchia.
A cui ci vinni in resta sta strunzata?

M'ha scusari figghiuzza bedda mi scappò sta parulazza però ti raccumannu...
I mali paroli iu i dicu sulu pi fariti capiri ca tu, sti volgarità, nun l'ha mancu pronuziari.
E me tempi sta faccenda du sei politicu nun esisitiva mancu pi chì!
Cu non studiava pigghiava sulamenti bacchettati... lignati e carci in culo!
Certu fussi nu beddu riconoscimentu chistu vostru.
Dimmi figghiuzza mia u "sei"... poi... vi l'hannu garantitu?)

- No, papà!
Ma noi stiamo continuando a lottare lo stesso.
-

(No papà!
Ma nui stamu cuntinuannu a luttari u stissu.)

- E allora, figlia mia, avete voglia di perdere tempo inutilmente...
Ho l'impressione che non otterrete nulla.
Questa vostra richiesta da svogliati mi sembra un'emerita stronzata, con tutto rispetto parlando.
Una vera illusione è la vostra.
Comunque, lottate e fatelo sempre e comunque...
Cristina mia cara... quanto hai speso oggi?
Hai usato il bancomat o il contante?

(E allura figghia mia, haviti voglia di perdiri tempu.
Sta richiesta vostra, di carusazzi, mi pari un'emerita bazzecula, cu tuttu rispettu parrannu.
Na vera illusioni è a vostra..
Comunque luttati e facitilu sempri e comunque...
Cristinedda mia... tu quantu spinnisti oggi?
Usasti u bancumatti o paiasti in contanti?)

- In contanti.
Certo che ho pagato in contanti!
Io pago sempre in contanti!

[risponde come fosse stata disturbata da quella ingerenza che riteneva inutile e superflua.]
Mi fai sempre le stesse domande?
Felicì stai diventando monotono…!
Lo sai bene che se non pago con i soldi in mano non ci provo soddisfazione.
Mi piace aprire la borsetta e uscire i soldi e contarglieli nel bancone della cassiera uno per uno.
Ci trovo un gran piacere a mettere i soldi lì sopra.
Cinquecento… mille euro…

(In contanti.
Certu ca paiai in cuntanti!
Iu pagu sempri in cuntanti, rispose come se fosse stata disturbata da quella domanda che riteneva inutile e superflua.
Mi dumanni sempri i stissi cosi?
Filì si divintatu monotono!
U sai ca si nun pagu chi sordi in manu nun ci provu paiciri.
Mi piaci apriri a borsetta e nesciri i sodi e cuntariccilli nu bancuni da cassiera unu pi unu…
Ci trovu na granni soddisfazioni a mettiri i sordi nu bancuni…
Cinquecentu… milli euru…)

[interviene Donna Crocina]

- Certo! Del resto… i soldi non te li guadagni sicuramente tu…!
Il mio figliolo rischia la vita tutti i santi giorni e tu invece li sprechi…
Vai spendendo spudoratamente senza conoscere il valore che il denaro ha.

(Certu! Rispose la madre del boss, donna Crocina.
Tantu… i sodi… nun è ca ti guadagni tu!
U me fihgiuzzu rischia a vita tutti i santi iorna… e tu li sprechi.
Spenni e spanni senza sapiri u significatu e u valuri ca c'hanu.)

- La stai ascoltando tua madre che mi offende sempre e mi accusa che spreco denaro?

No la posso sopportare!
Mi contraddice in ogni occasione e se dico bianco lei rintuzza con il nero.
Lo fa apposta per farmi arrabbiare.

(U vidi tò matri ca m'offenni sempri e dici ca sprecu dinaru?
Un'ha pozzu suppurtari!
Mi va sempri contru e si iu dicu iancu idda m'havi sempri rispunniri niuru.
U fa apposta pi farimi agitari.)

- Scherza... quella santa donna di mia madre ...!
Non lo noti che viso d'angelo che ha?
E poi... lo sai che ti vuol bene e per lei sei come la figliola del cuore.
Ci tiene molto a te e quando non sei in casa mi chiede sempre tue notizie.
Ti tiene nel cuore e nei suoi pensieri.
Vero mamma?

(Scherza dda santa donna di me matri!
Unnu vidi chi facciuzza d'angilu ca c'havi?
U sai ca ti voli beni e pi idda sì comu na so figghiuzza... chidda du cori...
Ci teni a tia e quannu tu nun ci sì in casa addumanna sempri.
Ti teni nill'arma e nu sintimentu.
Veru mà?)

- Ci credo poco Filicinu mio...!
Tua madre, semmai ti chiede di me solo per controllarmi!
Quella mi odia!
La verità è questa.

(Ci cridu pocu Filicinu miu...
To matri t'addumanna di mia sulu pi controllarimi!
Chidda mi odia!
A virità è chista.)

[Il giorno dopo. Ritorna il professore]

- Bentornato, professore mio...
Come mai oggi ha fatto tardi?
Si è svegliato con tutto il suo comodo?

(Bentornatu prefessureddu miu...
Comu mai oggi fici tardiceddu?
Chiffà?
Si risbighiò cu comudu?)

- A dire la verità, don Filicinu, puntuale sono stato.
Il suo autista, col traffico che c'era in paese non ha potuto fare di meglio.
Siamo rimasti bloccati...
Ci fu un incidente...

(Veramenti don Filicinu iu puntuali fui.
L'autista soi cu traficu ca c'era nun potti fari di megghi.
Ristammu bloccati.
Ci fu n'incidenti.)

- A proposito di incidente, le devo raccontare ciò che mi successe un po' di tempo addietro.
Un giorno, in una cava abbandonata di gesso, ci fu una riunione importante, in contrada Fiume Secco.
Avevo invitato cinque capi mafia della nostra zona, quelli della cupola della provincia.
Amici di valore, che si sono fatti strada, dimostrando che solo con la prepotenza, giustamente... si ottiene tutto.
Avevo deciso quella riunione perché c'erano grossi problemi da affrontare e che riguardavano il mio territorio principalmente.
A dire il vero, non avevo bisogno di chiedere il parere degli altri amici miei... trattandosi appunto di fatti della mia zona.
Io, dei consigli degli altri, me ne fotto un cazzo, perché a decidere sono sempre e solo io, il padrone, il capo indiscusso.

L'ho fatto, diciamo, per delicatezza, per portare rispetto e considerazione agli altri...

Insomma ho voluto dare loro una certa importanza...

Diciamo... per farli contenti e gabbati.

Era una giornata di gran caldo nel mese di agosto.

Me la ricordo bene!

E si sudava come cani, con la lingua di fuori, in quel posto circondato da montagne aride e secche, tanto che sembrava che pure le pietre dovessero prendere fuoco.

Arrivarono tutti puntualmente.

Per primo arrivò don Caloiru, detto "U sbiddicatu".

Poi don Mariano, soprannominato "U Siccagnu",

Don Sariddu, "Facci taghiata",

Mastro Ciccinu, "U pisciaru".

Infine arrivò, con tutto il suo comodo, don Giovanninu, detto "U Mangiapani a tradimentu".

Giunsero con le loro macchine guidate dagli autisti personali e accompagnati da due guardie del corpo che appena s'incontrarono, reciprocamente si scambiarono abbracci e baci come tra amici che non si vedono da chissà quanto tempo.

Fu quest'ultimo capo, don Giuvanninu che mi disse, con quell'aria di superiorità e briosa, facendo finta di scherzare a modo suo e con un tono di sfottimento di minchia...

(A propositu di incidenti, c'haiu a cuntari chiddu ca mi successi nu pocu di tempu fa.

Nu iornu di na picca d'anni annarrè ci fu na riunioni importanti a cava abbannunata di issu di contrada Fiume Secco.

Haviva invitatu cinqu capi mafia da nostra zona, chiddi da cupola da provincia.

Fratuzzi di granni valuiri e ca s'hanu fattu strata, dimostrannu che ca prepotenza... insumma... s'ottieni tuttu.

A riunioni l'havia decisa pirchì c'eranu cosi grossi da discutiri e da dicidiri ca riguardavanu u me territorio.

Veramenti, a diri a virità, nun è ca haviva bisognu du pareri dill'autri amici mei... trattannusi di fatti da me zona.

Iu, di cunsighi, mi ni futtu un cazzu pirchì a dicidiri sugnu sempri e sulu iu, u patruni, u capu indiscussu di stu territoriu.

U fici pi…. delicatezza, pi purtarici rispettu, considerazioni…

Insumma ci vosi dari na certa importanza….

Pi falli cuntenti e gabbati…

Era na iurnata china di caudu… chiddu du misi d'austu.

M'ha ricordu beni…!

E si sudava comu i cani ca linguia di fora ni ddu postu circundatu di muntagni aridi e sicchi ca pariva ca puri i petri havivanu a pigghiari focu….

S'arricugheru quasi puntualmente.

Pi primu arrivò don Caloiru u "Sbiddicatu.

Poi don Marianu suprannominatu "U Siccagnu",

don Sariddu "Facci Tagghiata",

Mastru Ciccinu "U Pisciaru" e infini arrivò cu tuttu u so comodo…

don Giuvanninu "U Mangiapani a tradimentu".

Arrivarunu chi machini guidati dall'autista personale e accumpagnati da du vardie del corpo che appena s'incontrarono reciprocamenti ci fu uno scambio di abbracci comu tra amici ca nun si vidivanu da chissà quantu tempu.

Fu chist'urtimu capu, don Giuvanninu, ca mi dissi cu dd'aria di superiorità e buriusa, facennu finta di babbiari, a modu so e cu tonu di sfuttimentu di sta minchia…)

"Ma ché?

Con questo caldo don Filicinu ci ha fatto scomodare fino a questa cava abbandonata e piena di afa?

Ci ha condotto in mezzo alle pietre?

Con tutta questa polvere intorno ci sporcheremo vestiti e le scarpe di marca.

Da quel che sembra don Filicinu, ci dovrebbe fare una comunicazione di quelle importanti…

Però…

A noi doveva farci trovare ogni comodità!

Magari quest'incontro lo poteva fare in qualche Hotel di nostra proprietà.

Quelli fabbricati a cinquanta metri dal mare e costruiti in barba alle regole demaniali in cui, aprendo il cancello, consente di farti subito il bagno.
In un hotel al fresco e all'ombra sarebbe stato meglio.
Veramente lo avrei preferito!
Non è una novità che ai nostri livelli si senta la necessità d'avere ogni comfort e questa giornata, in questo posto assolato, mi sembra troppo sacrificata.
Comunque ci tocca fare pazienza…
Per don Filicinu… diciamolo pure… questo ed altro…"

(Macchè!
Cu stu caudu don Filicinu ni fici scomodare 'nzinu a sta cava abbannunata e china d'aridità?
'Menzu e petri ni purtò?
Cu tutta sta polviri ca c'è attornu n'allurdamu i vistiti e i scarpi… di marca.
Da chiddu ca pari, don Filicinu n'havissi a fari na comunicazioni daveru impurtanti.
Però…
A nui n'haviva a fari truvari i comodità!
Macari st'incontru u putiva fari in quarche hotel di nostra proprietà, chiddi fabbricati a conquanta metri du mari unni rapi u cancellu e ti fai u bagnu, costruitu in barba e reguli du demaniu…
Un holel friscusu e all'ombra havissi statu mugghi!
Veramenti m'havissi piaciutu assai!
Non è na novità!
Arrivati o nostrru livellu havemu bisognu di tutti i comfort e sta iurnata ni stu postu scunsulatu e isulatu mi pari troppu sacrificata.
Comunque pazienza…
Pi don Filicinu…
Chistu e autru.)

"Tu, amico mio – gli rispose don Ciccino - non lo capisci il motivo vero e proprio?
Ci ha voluto riunire lontano da occhi indiscreti che non devono vedere manovre e neanche osservare cose alcune.

E poi... una riunione importante tra di noi, era da tanto tempo che non si faceva.
Forse dieci anni fa... quando decidemmo quella strage che fece troppo rumore.
Adesso vediamo che cosa don Filicinu ci vuole dire."

"Cari amici miei - intervenne don Caloiru.
Tutto sommato, quest'occasione mi piace...
Ci dà l'opportunità di stare assieme e ci consente di fare una bella rimpatriata.
Ci serve anche per scambiare quattro chiacchiere e per aggiornarci sulla nostra situazione.
Comunque accomodiamoci perché don Filicinu ci sta facendo segnale d'entrare.
È arrivata l'ora.
Giustamente, con questo caldo, è meglio che cominci il suo discorso e che ci dia presto la comunicazione importante quanto prima possibile."

(Cari mici mei, aggiunse don Caloiru.
Tuttu summatu st'occasioni mi piaci.
Sta riunioni ci vuliva pirchì duna a nui, l'occasioni di stari un pocu assemi e fari na rimpatriata.
Ni servi pi scangiari quattru chiacchiri d'aggiornamentu supra a nostra situazioni.
Comunque accomodamini na stanza ca don Filicinu ni sta facennu signali.
È ura di trasiri
Giustamenti cu stu caudu è megghiu ca accumincia u so discursu e ni duna a comunicazioni importanti quantu prima possibili.)

Venne incontro a tutti i presenti, don Sariddu:

"Amici miei amatissimi... Che piacere vedervi insieme!
Vi voglio abbracciare tutti perché sono felice di darvi "na bedda vasata" dopo tanto tempo...

Gli anni passano e per i troppi impegni che abbiamo, non riusciamo mai a dedicare tra di noi amici e parenti... un pochino di tempo."

(Amici mei du me cori.
Chi piaciri vidirivi tutti assemi.
Vi vogghiu abbrazzari pirchì sugnu veramenti filici di darivi na bedda vasata dopu tantu tempu...
L'anni passanu e pu troppu acchiffari c'havimu, nun riniscemu mai a dedicari, tra di nui amici e parenti... tanticchia di tempu.)

"Dovete scusare - intervenni – se disturbo i vostri discorsi, ma sarebbe bene che cominciamo la seduta perché il caldo infuoca e poi, non mi piace stare troppo tempo nello stesso posto...
Non vorrei attirare la curiosità di qualcuno che potrebbe accorgersi dei troppi movimenti in questo posto pur solitario, isolato ed abbandonato."

(Haviti a scusari – intervenni – si disturbu i vostri discursi, ma fussi bonu ca incuminzassimu a riunioni pirchì u caudu infoca e nun mi piaci stari troppu tempu nu stissu postu....
Nun vulissi attirari a curiosità di quarchedunu ca s'accorgi di troppi movimenti di stu luogu sulitariu, isulatu e abbannunato.)

"Come vuole vossia – disse mastro Ciccinu a voce alta.
Del resto siamo qui per questo e perciò... prima cominciamo prima finiremo.
Abbiamo troppo da fare nelle nostre zone."

(Come voli vossia - disse mastro Ciccinu a voce alta.
Semu cà pi chistu e perciò... prima incuminciamu e prima finemu.
C'havemu troppu a chiffari ne nostri zoni...)

"Parli don Filicinu... disse una voce.
Tutto orecchi siamo ed ascoltiamo sempre con la dovuta attenzione quello che ci dice vossia!
Parli...
Prego...

Parli."

(Parrassi don Filicinu – disse una voce.
Tutto auricci semu... e scutamu sempri e cu tanta attenzioni chiddu ca vossia ni dici...!
Parrassi...
Prego...
Parrassi...)

"Grazie amici miei fraterni, veramente di cuore per essere arrivati tutti insieme in questo posto.
Era da tanto che una simile riunione non si faceva.
Mi piace sentire il parere degli amici miei che tengo sempre in grande considerazione.
Ve lo dico subito che c'è una situazione delicata che vi devo portare a conoscenza e che potrebbe sconfinare nei vostri territori senza volerlo.
Per questo mi sono premurato ad avvertirvi per evitare equivoci, malintesi e scontri tra noi amici confinanti...
Ho fatto bene a disturbarvi?
Mi dovete scusare se sono stato, diciamo così, premuroso, ma la delicatezza nei vostri confronti non è mai abbastanza...
Perciò... è inutile fare chiacchiere e girare attorno gli ostacoli; andiamo subito al succo del discorso che è quello che a tutti interessa.
È in arrivo una bella partita di farina, intatta e purissima al cento per cento.
È un investimento che ho voluto fare con certi amici e siccome mi hanno detto che deve sostare per qualche giorno, nel territorio del nostro amico don Caloiru e di don Marianu, ecco... vi volevo semplicemente avvertire di questa situazione.
Voi amico Caloiru che ne pansate?
Non credo che vi disturbi il passaggio...
E voi don Marianu, amico caro, vi dà fastidio questa faccenda?
Del resto soltanto di un semplice passaggio si tratta... e magari, se il caso lo esige, anche una protezione da parte vostra... non si sa mai che quegli sbirri vogliano rompermi le uova nel paniere.

Adesso che ho finito di parlare ditemi come la pensate."

(Grazi amici mei e fratuzzi di cori pi essiri arrivati tutti insemula ni stu postu.
Era assai tempu ca na riunioni simili nun si faciva.
A mia piaci sèntiri u pareri di l'amici mei ca tegnu in considerazioni.
Vu dicu subitu ca c'è na situazioni delicata ca v'haiu a comunicari e ca putissi sconfinari ni vostri territori senza vulillu.
Perciò mi premurai di avvirtirivi prima pi evitari equivoci, malintesi e scontri tra di nuautri amici confinanti.
Fici bene a disturbarvi?
Mi dovete scusari se fui, diciamo così, troppu premuroso, ma a delicatezza ni vostri confronti nun è mai troppa...
Perciò... è inutili fari troppi ciacciri e aggirari attornu l'ostaculu; iemu subitu o succu du discursu ca è chiddu ca a tutti interessa.
È in arrivu na bella partita di farinuzza intatta e purissima o centu pi centu.
È n'investimentu ca vosi fari cu certi amici e siccomi m'hanu dittu ca hava a sostari pi quarchi giornu nu tirritoriu di nostri amici don Caloiru e di don Marianu, eccu vi vuliva sulamenti infurmari di chista situazioni.
Vui amicu Caloiuru chi ni pinzati?
Nun cridu ca vi disturba stu passaggiu...
E vui don Marianuzzu du me cori vi siddìa sta faccenna?
Del restu solu di passaggiu si tratta....
E macari se u casu l'imponi na protezioni da parte vostra... nun si sapi mai... ca ddi sbirri mi vonu rumpiri l'ova nu paneri.
Ora ca canusciti a mia comunicazioni dicitimi comu a pinzati.)

Rispose tra il serio e l'ironico don Caloiuru: "Eh... Eh... don Filicinu!
Voi la notizia la date a cosa fatta?
Non si fa così con gli amici!
Queste cose, prima si organizzano... e in largo anticipo si stabiliscono...!
Devo insegnare io queste cose a voi che siete maestro e il cerimoniere più valido di Cosa Nostra in tutta la Sicilia?

Voi nella vostra mente, conservate tutte le regole rigide della nostra organizzazione che erano valide già cento anni fa.
Ma adesso mi pare ci state facendo un torto…
Mi fa piacere che nonostante i tempi cambino, il rispetto resti saldo ai principi e alle leggi di Cosa Nostra…
Però… ci sto rimanendo un pochettino male, come se vossia mi volesse prendere con il laccio alla gola o meglio, come si dice… per il culo.

(Eh…Eh…don Filicinu…! Rispose tra il serio e l'ironico don Caloiru.
Vui a notizia na dati a cosa fatta?
Nun si fa accussi cu l'amici!
Sti cosi, prima si organizzano… e in largu anticipu si stabilisciunu!
Chi ci l'haiu a insignari iu sti cosi a vui ca siti u maestru e u cerimonieri chiù validu di Cosa Nostra in tutta a Sicilia?
Vui na vostra menti sarbati tuttu i regiuli rigidi da nostra organizzazioni ca eranu validi da cent'anni fa.
I tempi cangianu ma u nostru rispettu o regulamentu servi a manteniri saldi i principi e i liggi interni.
Però… ci staiu ristannu tanticchedda mali comu se vossia mi vulissi pigghiari cu gghiaccu nu coddu o megghiu… comu si dici… pu culu.)

"Anch'io la penso così - intervenne don Marianuzzu.
Ci sto rimanendo di stucco a dire il vero e ciò m'infastidisce.
Sicuramente sarà un grand'affare per essere degno di don Filicinu, perciò che ne so… una partecipazione attiva, dico nostra, d'affari, si poteva pure organizzare…
O no?
Chi vuol mangiare da solo, amico mio…
Lo conoscete il proverbio che dice, chi si sazia da solo, rischia d'affogarsi…
Perciò non mi sento, adesso, di dare una risposta perché mi trovo emotivamente coinvolto e non so che pesci prendere."

(Macari iu a pensu accussi! intervene don Marianuzzu.
Ci staiu ristannu alluccutu e a dirici a virità m'infastidisci sta cosa.

Certamente sarà nu granni affari pi essiri meritevoli di don Filicinu, perciò chi sacciu...
Na partecipazione attiva nostra... dico d'affari, si putiva organizzari.
O no?
Chi voli mangiari sulu amicu miu...?
U canusciti u proverbiu ca dici ca cu s'abbuffa sulu rischia d'affucarisi.
Nun mi sentu di dari subitu na risposta pirchì, ni stu mumentu, mi trovu emotivamenti coivoltu e nun sacciu chi pisci pighairi.)

"Perché, per caso - dissi - vi volete tirare indietro?
Mi volete dare una risposta negativa?
E nagativa di 'sta minchia!
Perché se è per questo motivo, vi dico subito che l'affare è mio ed io me lo gestisco come voglio.
Lo chiarisco subito ad evitare equivoci ed interferenza in quelli che sono cazzi miei.
Mi sono spiegato?"

(Pirchì pi casu, disse don Filicinu, vuliti tirarivi annarrè?
Mi vuliti dari na risposta negativa?
E negativa di sta minchia!
Pirchì se è pi chissu, vi dicu subitu ca l'affari è mia e iu mu gestisciu comu cazzu vogghiu.
U dicu subitu a scansu di equivoci e d'interferenzi ni cazzi mei.
Mi sono spiegato?)

"Andiamoci piano - intervenne don Sariddu, rivolgendosi ai presenti - Non riscaldiamoci per nulla...
La testa l'abbiamo per ragionare...
Siamo tutti uomini d'onore e perciò le cose si devono discutere e chiarire.
Voi don Filicinu, potevate essere, diciamolo pure, più coinvolgente nei nostri riguardi...
Lo sa che a tavola è bello che tutti si sazino e non piace a nessuno osservare che alcuni mangiano ed altri guardano.

Non è questo un comportamento consono alla nostra organizzazione."

(Iemuci chianu, intervenne don Sariddu rivolgendosi ai presenti.
Nun caudiamu subitu...
A testa l'havemu pi ragiunari...
Semu tutti homini d'onuri e perciò i cosi si discutunu.
Vui don Filicinu putivati essiri chiù coinvolgenti ni nostri riguardi.
U sapi ca a tavola è beddu vidiri quannu tutti si ponu saziari e nun piaci a nuddu ca alcuni mangiunu e autri talianu.
Nun è chistu nu comportamentu adattu a nostra organizzazioni.)

"E per caso sareste voi a volermi dare l'insegnamento di come si usa in Cosa Nostra, quando sono stato io l'unico maestro?
Che cazzo di minchia andate dicendo compari miei?
L'affare è solo mio...
Ve lo volete mettere in testa?
Sì o no?
Volete infilare, per caso, le vostre mani nelle mie tasche?
Nessuno si può intromettere nei miei progetti...
Lo volete capire che il carico appartiene solo a me?
Voi, amici miei, non c'entrate nulla con gli affari miei.
Questa riunione l'ho voluta solo per informarvi.
Per farvi una cortesia, per usare delicatezza di buon vicinato.
Null'altro.
Perché, per caso, vorreste ostacolarmi?
Dobbiamo, forse, farci guerra tra di noi gente d'onore...?
Volete questo?"

(E pì casu fussivu vui a vulirimi dari l'insegnamentu di comu si usa in Cosa Nostra quannu iu haui statu u maestru?
Ma chi cazzu di minchia iti dicennu cumparuzzi mia...?
L'affari... u vuliti capiri o no?
È mia.
Vu vuliti mettiri in testa?
Si o no?
Vuliti infilari pi casu i manu ne me sacchetti?

Nuddu si po' intromettiri... ni me progetti.
U statu capemmu ca u carricu m'apparteni?
Vui amici mei... nun c'intrati nenti cu l'affari mei.
Chista riunioni fu sulu pi informarivi.
Pi farivi, comi vi dissi andura, na cortesia e usari na delicatezza di bonu vicinatu.
Nenti autru.
Pirchì, pi casu, mi vulissivu fari ostaculu?
Chi n'hama a mettiri a fari a guerra tra di nui genti d'onuri?
Vuliti chistu?)

"Non vi offendete don Filicinu - disse mastro Ciccinu.
Che motivo c'è d'alterare la discussione?
Siamo persone che amano la pace e perciò calmiamoci, che non c'è bisogno di fare l'offeso e il maltrattato.
Però... don Felicinu, vossia ...
Vossia!
Che cosa le costava avvertirci prima?
Adesso ci sembra che la cosa abbia il sapore della costrizione e che ci tocca fare, gioco forza, i cornuti e abbassare la testa come gli asini e le pecore...
Non è che con questo voglia insegnare nulla a nessuno...
Per carità...
Ognuno è libero di fare ciò che vuole a casa sua.
Però, in considerazione che la merce, come disse vossia, attraversa il territorio di Caloiru e Marianu, magari, una carezza la potevate fare.
In fin dei conti siamo persone che navigano tutte nello stesso mare.
Nuotando nella stessa barca ci dobbiamo litigare per una minchiata da nulla?
Bastava...
Che ne so..."

(Nun vi nichiati don Filicinu, disse mastru Ciccinu.
Chi mutivu c'è ad alterari a discussioni.
Semu pirsuni ca amamu a paci e perciò...
Carmamini ca nun c'è mutivi di fari l'offisu e u maltrattatu.
Però don Filicinu... vossia....

Vossia!
Ma chi ci custava ad avvertiri prima a tutti nui?
Ora ni pari na cosa ca havi u sapuri da costrizioni.
Hama a fari i curnuti e calari a testa comu i scecchi e i picureddi.
Iu nun è ca vogghiu insignari nenti a nuddu...
Pi carità ...
Ognunu è patruni di fari soccu voli a so casa.
Però in considerazioni ca a merci, comu dissi vossia, attraversa i territori di Caloiru e Marianu, macari... na carizza... si putiva fari.
In fin de cunti semu genti ca navigamu nu stessu mari e chiffà, natamu na stissa varca e dopu n'hama a sciarriari pi na minchiata di nenti?
Bastava...
Chi sacciu!)

"Anche fosse un'emerita minchiata come dici tu - replicò don Caloiru- io ne faccio una questione di principio d'onore e rispetto.
Così non s'agisce a cose fatte!
Allora io non valgo nulla?
Valgo quanto una scopa?
Sono una foglia secca?"

(Macari ca fussi na minchiata comu dici tu – disse don Caloiru - iu ni fazzu na questioni di principiu e di onori...
D'accussì nun s'agisci a cosi fatti!
Allura iu nun passu nenti?
Chi sugnu na scupa?
Passu pi pàmpina?)

"Anch'io la penso così - intervenne don Marianu.
In quest'affare dobbiamo mangiarc tutti o nessuno.
Chi si è convinto che siamo persone capaci di farci imbrogliare e fottere... si sbaglia di grosso!"

(Puri iu a pensu accussi, intervenne don Marianu.
Ni st'affari o mangiamu tutti o nuddu.

Cu c'havi in testa ca semu personaggi ca ni facemu ammughiuari e futtiri… si sbaghia di grossu.)

"Ma che minchia siete?
Avete perso la testa?
Lo volete capire o no che la roba è mia e che io ho già pagato e concluso l'affare?
Volete fare un ricatto proprio a me?
È mai possibile che dobbiate farmi opposizioni e aggressioni come se foste dei pesce-cani, disperati e avidi di sangue e denaro?
È possibile arrivare a tal punto d'avidità?
Vi siete convinti o no che nella mia zona, sono io che comando, oppure vi è scoppiato a tutti il cervello?
Che avete in testa merda o sostanza grigia?"

(Ma chi minchia siti? Replicò ancora più incazzato don Filicinu.
Pirdistivu tutti a testa?
U vulti capiri o no ca a roba è mia e ca iu haiu paiatu e conclusu tuttu?
Vuliti fari u ricattu propriu a mia?
È mai possibili ca haviti a fari opposizioni e aggressioni comu si fussivu pisci-cani addannati e avidi di sangu e di dinari?
È mai possibilia arrivari a stu puntu d'avidità?
Vi convincistivu o no ca na me zona sugnu iu ca cumannu, oppuri vi partiu a tutti quanti u cirveddu?
Chi c'haviti merda inveci da sustanza grigia?)

"Vedete, don Filicinu - intervenne mastro Ciccinu - adesso state parlando assai e a sproposito.
Dicendo queste cose disonorevoli ci offendete tutti.
Le sembra che siamo degli smidollati e che abbassiamo la testa senza agitarci come fanno i falchi quando sentono odore di sangue e di cibo?
Insomma… tagliamo corto don Filicinu, ho l'impressione che i nostri amici, con tutto rispetto parlando per vossia, desiderano, se possibile e con le dovute buone maniere, che li facciate partecipare nell'affare.
Forse vossia tutto questo non l'ha capito o fa finta?"

(Viditi, don Filicini, intervenne mastru Ciccinu, ora stati parrannu assai e troppu.

Dicennu sti cosi disonorevoli n'offinniti tutti.

Chi ci pari ca semu genti smidullata e ca calamu a testa senza agitarini.

U sapi ca semu comu i falchi ca s'imbestalisciunu quannu sentunu sciauru di sangu e di mangiari.

Insumma... tagghiamu curtu don Filicinu, cà haiu impressioni ca i nostri cumparuzzi, cu tuttu rispettu parrannu desiderano, se possibili e cu ogni bona manera, ca i faciti partecipari nill'affari...

Vossia chiffà?

Nu l'ha ancora caputu o l'antifona o fa finta?)

"Amico mio io sono nato prima di te.

La mia esperienza mi sta suggerendo che quelli che credevo amici adesso li sto ritrovando estranei, nemici, come lupi disperati e insaziabili."

(Amicu miu Ciccineddu, iu nascivu prima di tia e perciò a me esperienza mi sta dicennu ca chiddi ca mi parivanu amici, ora i staiu truvannu estranei e nemici comu lupi addannati e arsurati)

"Non dite queste parole senza senso - intervenne don Giuvanninu - perché se qualcuno dei presenti si offende poi, viene difficile recuperare l'amicizia rotta.

Piuttosto, finiamolo questo battibecco e vediamo di pervenire ad un accordo che vede tutti contenti e soddisfatti.

Siamo persone serie e dobbiamo garantirci la pace e la tranquillità senza fare la guerra tra amici.

Finiamola di comportarci come i ragazzini capricciosi.

Si sente nell'aria che c'è opportunità, in quest'affare, per tutti e anche di che saziarsi.

Perciò vediamo di dividere la torta riservando la parte migliore a don Filicinu, il nostro maestro e galantuomo, il migliore tra tutti quelli che io ho conosciuto.

Che ne dice adesso don Filicinu?

Vogliamo parlare... che ne so, magari di una spartizione come vossia vuole... tra tutti noi?

Quella che le fa più comodo, secondo la generosità del suo buon cuore, giacché il suo affare dovrà avere la copertura nel nostro territorio e in un certo senso, magari una probabile collaborazione.

Se vossia si decide, le diamo pure una mano, in modo possa filare tutto liscio come l'olio.

Che ne pensa?

Di più siamo e meglio potremo portare a termine l'operazione vostra."

(Nun diciti sti paroli sconclusionati - intervenne don Giovanninu – ca se quarchedunu qui presente s'offenni, poi veni difficili ricuperari l'amicizia rutta.

Chiuttostu finemula sta sceneggiata e videmu d'arrivari a n'accordu ca ni vidi tutti cuntenti e soddisfatti.

Nui semu genti ca n'hama a garantiri a paci e a tranquillità.

N'hama a fari a guerra tra amici e putenti confinanti?

Finemula di fari i caruseddi e i capricciusi.

Si senti nill'aria ca ci n'è pi tutti di chè saziari...

Perciò spartemini a torta, riservannu chidda parti chiù ranni e megghiu pu nostru amicu don Filicinu ca è, e ha statu sempri, un maestru e nu galantomu tra tutti chiddi ca haiu canusciutu iu.

Chi dici ora don Felicinu?

Vulemu parrari... chi sacciu, magari di na spartizioni come vossia ci garba proporri a tutti nui?

Chidda ca ci fa comudu, secunnu a generosità du so cori, vistu ca u so affari ha aviri a copertura nu nostru territoriu e in un certu sensu, macari a collaborazioni.

Se vossia si decidi, ni damu puri na manu accussì n'accurdamu e tuttu po' filari lisciu comu l'ogghiu.

Chi voli!

Di chiù semu... e megghiu putemu purtari a termini l'operazioni vostra.)

"Fatemi il cazzo del favore di zittire!

Lo sapete che cosa vi dico?

Andate tutti a fare in culo e non una sola volta ma cento volte.

A me domandate il pizzo?
La tangente?
La partecipazione?
La fetta di torta?
Ad un capo di Cosa Nostra dite queste cose?
Mai al mondo ho sentito dire una proposta simile!
Di voi, che credevo cinque amici, invece mi ritrovo cinque serpi velenose e iene fameliche.
Se pensate minimamente si sbranare don Filicinu vi sbagliate di grosso.
Chi si mette contro di me ci perde…
Lo sapete che sono buono e caro ma se mi pestano i piedi…
Conoscete come la penso!"

(Mi facissivu u cazzu di favuri …!
U sapiti chi vi dicu?
Iti tutti a fari in culu e no na vota… ma centu voti.
A mia dumannati u pizzu…?
A tangenti…?
A partecipazioni….?
A fetta di torta…
A un capu di cosa nostra sti cosi?
Mai o munnu haiu sintuti diri na proposta simili…!
Di vui, ca vi cridiva cincu amici inveci mi ritrovu cincu serpi vilinusi e iene fameliche.
Si pinzati minimamenti si sbranari don Filicinu vi sbaghiati di grossu.
Cu si metti contru di mia ci perdi….
U sapiti ca sugnu bonu e caru ma se mi pistanu i pedi…
Canusciti comu a pensu….)

"Adesso siete voi che ci volete minacciare - intervenne sorridendo beffardo don Caloiru -
Noi siamo persone che viviamo facendo affari e quando se ne deve concludere qualcuno non si guarda in faccia nessuno.
La conoscete questa regola.
E poi quali piedi e piedi…
Io i piedi a nessuno li ho pestati.

Se vi piace la mia proposta e quella di don Mariano possiamo continuare la discussione su un piano pratico, ma se deve essere ad ogni costo come dice vossia... allora è meglio chiudere le chiacchiere perché c'è troppo caldo e non mi va di soffrire invano."

(Ora siti vui ca ni vuliti minacciari, intervenne sorridendo beffardo, don Caloiru.
Nui semu genti ca campamu facennu affari e quannu si n'hava a concludiri unu nun si talia in faccia a nuddu!
A sapiti sta regula!
E poi... quali pedi e pedi....
Iu, di pedi, a nuddu n'haiu scarpisatu...
Si vi piaci a proposta mia e di don Marianu putenu cuntinuari a discussioni su un pianu fattivu, ma se inveci hava essiri comu diciti vossia, allura a chiudemu cà pirchì c'è troppu caudu e nun si po' stari a suffriri inutilmente.)

"Mi fa piacere che tutto sommato, gli altri amici don Sariddu, mastru Ciccinu e don Giuvanninu non facciano parte di questa proposta indecente che le mie orecchie hanno appena sentito.
Anch'io, arrivati a questo punto non ho nulla da aggiungere.
Oramai ho capito le vostre intenzioni.
Con l'occasione ho avuto modo di conoscere meglio il carattere di due amici, miei confinanti.
Ve lo ricordo ancora.
Sono io il padrone incontestabile e chi non farà la mia volontà sa come la penso e come agirò.
Detto questo... possiamo pure sciogliere la seduta e ognuno può tornarsene a casa sua."
...
Lo vede lei, caro il mio professore, che cosa mi è successo ...?
Sta riportando per filo e per segno tutto quello che le ho detto?

(Mi fa piaciri ca tuttu summatu l'autri amici don Sariddu, mastru Ciccinu e don Giuvanninu nun fanu parti di sta proposta indecenti ca i me auricci hanu sintutu.
Iu, a stu puntu, nun n'haiu nenti da aggiungiri.

Oramai haiu caputu i vostri intenzioni.
Cu l'occasioni haiu avutu modo di canusciri megghiu u carattiri di dui amici mei confinanti.
Vu ricordu ancora.
Iu sugnu u patruni incontestabili e cu non fa a me volontà sapi comu a pensu e comu agisciu.
Dittu chistu... putemu sciogliri a seduta e ognunu si ni po' iri e so casi.
...
U vidi lei, caru prefessureddu miu... che cosa mi capitò?
Sta riportando, per filu e pi segnu, chiddu ca c'haiu dittu?)

- Certamente...
Sto scrivendo che quella riunione, purtroppo, finì in malo modo e non ebbe i risultati sperati da lei, don Filicinu, e che mostrandosi contrariato in viso, salutò con un abbraccio forzato e freddo i due cosiddetti amici, don Caloiru e don Marianu.
Agli altri tre, riservò invece, un trattamento velatamente occulto di riconoscenza, stringendoli e battendo la mano leggermente sulle spalle per rassicurarli che contro di loro non aveva rancore e alcun disappunto.

Quando si allontanarono quei due capi, questi lo fecero in modo guardingo e sospettoso come se temessero d'essere aggrediti o colpiti alle spalle da chissà chi, comprendendo d'essersi spinti oltre nella discussione e di aver detto qualche frase di troppo.

Pure i loro uomini di scorta e gli autisti si guardavano a distanza e in cagnesco, gli uni dagli altri, mentre, prima di quella riunione, s'erano salutati da amici, evidenziando cordialità ed il piacere di rivedersi.

Quando tutti si furono allontanati, don Filicinu si fermò sul ciglio della porta. Continuava ad osservarli uno per uno, soprattutto don Marianu e don Calogeru.

Nel frattempo, rifletteva su quei loro comportamenti e su quelle frasi che ancora gli rimbombavano alla mente e che gli facevano storcere la bocca in segno di rabbia e d'ira, al solo pensare che quei due cosiddetti amici reclamassero la loro parte in una faccenda e in un affare che invece era tutto e solo suo.

Stringeva gli occhi per osservare meglio quel lento avviarsi di quelli che oramai considerava suoi acerrimi nemici, come se volesse contare quanti passi lo distanziavano da loro.

A modo suo, quel voler fissare con insistenza quei personaggi, era come imprimere quelle immagini per l'ultima volta e che, non tardi, li avrebbe rivisti morti.

Osservava e rifletteva.

Rimuginava già nella sua mente, in quei brevi istanti la sua vendetta, mentre quei due ricambiavano, a modo di sfida, sornioni, lo sguardo severo e truce.

In quell'attento osservare fisso, traspariva in don Filicinu l'idea di palese vendetta e di pesante punizione per quelli che avevano osato contraddirlo.

Prima di entrare definitivamente nella sua macchina, don Caloiru si fermò davanti allo sportello mentre il suo scagnozzo glielo teneva ancora spalancato per farlo entrare.

Per un attimo osservò don Filicinu come se volesse captarne e rubargli in quell'espressione che intravedeva da lontano, i pensieri, i piani e scorgerne eventuali ritorsioni e vendette contro di lui.

Ci fu un momento in cui i due incrociarono i loro sguardi.

Nel silenzio e nella freddezza di quel reciproco scrutarsi, lessero, vicendevolmente, il messaggio dell'uno diretto all'altro.

Patri, Patrinu e Patruni

Don Felicinu gli fece comprendere che doveva aspettarsi da lui qualcosa mai prima temuta mentre don Caloiru gli fece capire che di lui non aveva paura né si sarebbe fatto intimorire.

Anche don Marianu, che sembrava il più facilone, percepì che don Filicinu non gli avrebbe lasciato impunita quella contrapposizione, registrata come una mancanza di rispetto e una sputata in faccia, oltraggiosa e imperdonabile.

È così che è andata Don Filicinu? Posso provare a immaginare il resto e a scriverlo di mio pugno?

- Ve lo racconto io professore che è meglio.

Gli altri tre si avviarono insieme, avendo modo di fare alcuni passi, gomito a gomito, asciugandosi di tanto in tanto, con il fazzoletto, il sudore dalla fronte e dal viso.

Uno di loro, precisamente don Giovanninu, ebbe l'imprudenza di dire mezza frase ad alta voce:

"Don Filicinu incazzato è...!
Questa faccenda non la farà finire qua.
È capace di innescare una miccia.
Cose tragiche succederanno.
Veramente tristi.
Che Iddio che ne scansi."

(Don Filicinu troppu incazzatu è!
Iddu sta faccenna, na fa finiri cà.
È capaci di addumari na miccia.
Cosi niuri succederanno...
Veramenti niuri...
Scansatini Signuri...)

Quando tutti se ne furono andati lasciando dietro di loro polvere e fumo nero con le sgommate di quelle auto di grossa cilindrata, rimasi solo per un attimo in casa, con l'autista che mi attendeva in macchina.

"Disgraziati, svergognati, magnacci e figli di cagne!
A me questa mala parte?
Sono forse l'ultimo arrivato?
Come hanno potuto osare, quei traditori, di mettere mano nei cazzi e negli affari miei?
Pretendevano soldi e onore a spese mie!
Con me invece ci rimetteranno.
Darò loro una bella risposta che neanche se l'immaginano...
Io sono il padrone!
Quando comando e faccio un affare nessuno deve osare contraddirmi.
Se oggi dicono 'ma' e un 'se' e mi fanno obiezione domani, con la minchia che li potrò comandare!
Quelli a me vogliono mettere in soggezione, ma gli faccio rimangiare tutto quello che hanno osato dire.

Pasqualino, ora accendi il motore e metti in moto che voglio passare dal capo della cupola.
Vado diritto a Palermo, perché questa faccenda la devo sbrigare ora, subito.
Non mi dà pace e non posso pensare allo sgarbo che mi hanno voluto fare quei due disgraziati e mala carne.
La devo risolvere questa situazione perché il ferro si usa quand'è caldo."

(Disgraziati, svriugnati, magnacci e fighi di cani!
A mia sta mala parti?
E chi sugnu l'urtunu arrivatu?
Comu pottiru osari ddi dui tradituri di mettiri manu ni cazzi mei e nill'affari mei!
Pretendevanu sordi e onori!
Iddi cu mia ci perdunu.
Ci dugnu na bedda sorti ca mancu se l'immaginanu...
Iu sugnu u patruni!

Quannu cumannu o fazzu na cosa nuddu ha osari contraddiri.
Se oggi diciunu un "ma" e un "se" e mi fanu obiezioni dumani, ca minchia ca i pozzu cumannari.
Chiddi, a mia, vonu mettiri in soggezioni ma ci fazzu rimanciari tutti chiddu ca hanu dittu e i frasi c'hanu osatu pronunziari...
......
Pasqualino ora adduma a machina e metti in motu ca vogghiu passari du capu da cupola.
Vai dirittu a Palermu ca sta cosa l'haiu a sbrigari ora, subitu.
Nun mi po' paci e nun ci pozzu pinzari o sgarbu ca mi vosiru fari ddi dui malacarni e sdisonorati.
L'haiu a risolveri sta situazioni pirchì u ferru s'ha usari quann'è caudu)

"Don Filicinu carissimo, amico mio amato - mi disse don Vincenzino, il capo della Cupola -
Ogni volta che ti vedo provo un gran piacere...
Come sta tua moglie e la tua figliola?
Qualche volta dobbiamo incontrarci con le nostre consorti e dobbiamo farci una bella rimpatriata.
Dimmi quale buon vento ti porta in questa casa che per te è sempre aperta.
C'è qualche novità?
Sono venuti a raccontarmi alcune notizie fresche su un tuo affare, ma è meglio sentire le novità dalla tua stessa voce...
So pure della riunione nella cava abbandonata di gesso.
Un'idea me la sono fatta.
Tu però raccontami le novità... fratello mio..."

(Don Filicinu carissimu amicu miu du cori - disse don Vicinìzinu, il capo della Cupola.
Ogni vota ca ti vidu provu nu granni paiciri...
Comu sta to muggheri e a to picciridda?
Quarche vota n'hama a vidiri chi nostri rispettivi consorti e fari na bella rimpatriata.
Ma dimmi, quali bon ventu ti porta ni sta casa ca pi tia è sempre aperta...

Dimmi ci fu quarche novità?
Mi vinniru a cuntari na pocu di notizie frischi supra n'affari toi, ma è megghiu sintiri i novità da to stissa vuci...
Sacciu puri da riunioni na cava abbannunata di issu...
N'idea ma fici...
Tu però, cuntami... i novità... fratuzzu miu.)

"Don Vincenzino... gliela devo raccontare tutta ...
Quei due disgraziati, infami che credevo amici e fratelli d'onore, hanno preteso una partecipazione nel mio affare.
Loro nelle mie faccende non si devono immischiare una minchia di niente...!
In casa mia, nel mio territorio, comando io e se chiedo il favore per un passaggio momentaneo della mia merce nel territorio di quei due, non è che per questo mi dovevano fare obiezioni e ricatti."

(Don Vicinzinu... ci l'haiu a cuntari tutta..
Chiddi dui disgraziati e infami ca mi cridiva amici e fratuzzi d'onori
hanu pretesu na partecipazioni nu me affari.
Iddi, ni me cosi, nun s'hana a miscari na minchia di nenti!
Na me casa e nu me territoriu cumannu iu e se dumannu nu favuri pi nu passaggiu momentaniu da me merci nu territoriu di chiddi, non è ca pi chissu m'havivanu a fari obiezioni e ricattu ...)

"Allora quello che mi hanno riferito era vero?
Che cosa vuoi che ti dica fratello mio!
Neanche io devo immischiarmi in queste cose.
Ti posso solo stare a sentire e non posso parteggiare per nessuno, ma ti conosco come persona a modo e sai ciò che devi fare...
Ti devi comportare come ritieni meglio.
Fottetene di tutti gli altri e tira dritto e deciso per la tua strada...
Certe discussioni, diciamo meglio certi terremoti, alla fine, servono per assestare il terreno della nostra organizzazione che a volte, vede le teste di alcuni componenti nostri che ragionano col cazzo e si montano come se volessero possedere il mondo e non ci vedono più dagli occhi.
Si accecano per l'avidità.

Quando le cose si devono fare, amico mio, si fanno... senza pietà e senza esitazione.

Possono servire d'insegnamento per gli altri malintenzionati che, certe volte, non sono degni di stare in mezzo a noi.

Sono come i macellai.

Certuni, nonostante facciano parte della nostra società, non hanno stile, forma e rispetto e sono interessati solo a imbrogliare tutti senza considerare le persone che hanno davanti.

Questi tempi sono troppo storti, pericolosi e difficili per noi...

Anzi, difficilissimi.

E si vive con preoccupazione.

Non si può stare più tranquilli neanche in casa nostra.

Le forze dell'ordine da una parte sono in allerta e stanno stanando alcuni dei nostri, costringendo eccellenti amici di vecchio stampo, che tu conosci bene, a vivere nei bunker, costruiti dai nostri fidati ingegneri, poi...

Se ci mettiamo pure le mezze calzette del cazzo che demoliscono quello che noi abbiamo fatto con tanta pazienza e tanta accortezza, allora la crisi che stiamo vivendo si fa più tragica."

(Allura chiddu ca mi dissiru veru era ?

Chi voi ca ti rispunnu fratuzzu miu!

Mancu iu mi pozzu ammiscari ni sti cosi...

Ti pozzu stari a sentiri ma nun mi sentu di partiggiari pi nuddu, ma ricanisciu ca tu si na pirsuna ca testa a postu e sai chiddu ca ha fari...

Tu t'ha comportari comu ti pari megghiu...

Futtatinni di tutti l'autri... e tira drittu e decisu pa to strata...

Certi scussuni dicemu... certi terremoti, all'urtimata, servunu pi assistari u terrenu na nostra organizzazioni ca certi voti, vidi i testi di certi componenti ca ragiunanu cu cazzu e si muntanu comu si vulissiru aggarrari u munnu e nun ci vidunu chiù dill'occhi.

S'accecanu dall'avidità.

Quannu i cosi s'hana a fari... amicu miu... si fanu senza pietà e senza esitazioni.

Ponu sirviri di insegnamentu pi l'autri malantinziunati ca certi voti, nun sunu degni di stari 'menzu a nui.

Sunu comu i uccèri.

Certuni, macari ca fanu parti da nostra società nun hanu stili, forma e rispettu e c'interessa sulu futturi senza cunsidirari a pirsuna ca c'hanu davanti.

Sti tempi ca stamu attravirsannu, caru don Filicinu, sunu troppu storti... piriculusi e difficili pi nui.

Anzi... difficilissimi....

E si campa cu preoccupazioni.

Nun si po' stari chiù tranquilli in casa nostra.

I forzi dill'ordini, di na parti sunu in allerta e stanu stanannu na picca di nuautri, costringennu arcuni amici eccellenti, di vecchiu stampu ca tu canusci beni, a viviri ni bunker costruiti appositamenti da nostri fidati ingigneri... poi...

Se si ci mittumu puri sti menzi carzetti di stu cazzu ca sdirrubbanu chiddu ca nui avemu costuitu cu tanta pazienza e tanta accortezza... allura a crisi ca stamu vivennu si fa daveru chiù tragica....)

"Don Vincenzino... le vostre espressioni mi consolano e mi tranquillizzano...

Credevo di perdere la testa dopo che quei due sventurati mi dissero quelle frasi offensive.

Ma voi mi state confortando..."

(Don Vicinzinu... i vostri paroli mi consolanu e mi tranquillizzano...

Mi pariva di perdiri u cirveddu dopu ca ddi dui sventurati mi dissiru cosi infami...

Ma vui mi stati cunfurtannu...)

"Le mie parole, don Filicinu... che possono valere...?

Niente!

Proprio niente di niente!

Anzi una minchia di niente...

Semplici frasi che si dicono e restano nell'aria e poi svaniscono come fosse polvere di strada.

Non pretendo di dare suggerimenti a nessuno...

Per la posizione che occupo... non mi posso sbilanciare più di quanto ho fatto.

Mi devo mantenere neutrale e mettere sempre pace nella nostra organizzazione.

Si deve cercare sempre e in tutti i modi la pace e l'unità tra di noi... fino a quando è possibile...

Il padrone però è sempre il padrone... e non si transige!

Chi minchia è che mette in discussione ciò?

Dove siano arrivati?

Comunque amico mio, niente posso aggiungere e non m'intrometto mai quando si tratta di cose delicatissime e comprensibilissime.

Adesso cambiamo argomento don Filicinu.

Ditemi perché non vi fermate, qualche volta, per il festino di Santa Rosalia?

Quella è la santa dei Palermitani; è intoccabile ed è potente lassù nel paradiso...

Tutto quello che noi chiediamo lei ci esaudisce.

D'altronde se non rispetta noi compaesani a chi dovrebbe fare i favori e i miracoli?

Ai catanesi?

Quelli hanno la loro Santa Agatuzza e i siracusani un'altra Santuzza Lucia.

La Sicilia, don Filicinu mio, l'ho detto sempre è in mano alle donne.

Sono loro che ordinano e loro che decidono per noi...

È inutile per noi arrabattarci.

Sono le nostre mogli che ci comandano e bacchetta e quando tentiamo di aprir bocca ci mettono, all'istante, ai loro ordini.

In compenso, il nostro mestiere di pupari lo sappiamo fare bene...

Fatevi una risata con me...!

Sappiamo smuovere le fila come vogliamo noi e come ci pare e piace.

Così deve essere ora e sempre.

Amico mio adesso ti devo salutare.

Dammi un abbraccio e spero di rivederti presto...

Va bene?

Mi prometti che mi verrai a trovare con tutta la tua famiglia?

A presto... e dammi buone notizie di questa situazione tua e cerca di sistemarla nel miglior modo possibile."

(I me paroli don Filicinu... chi ponu valiri?

Nenti!

Propriu nenti di nenti!

Anzi na michia di nenti....

Semplicementi frasi ca si diciunu e restanu nill'aria e poi svanisciunu comu fussi provulazzu di stratuni.

Iu nun pretendu di dari suggerimenti a nuddu...

Pa posizioni ca occupu... nun mi pozzu sbilanciari chiu assai di quantu fici.

M'haiu a mateneri neutrali e metteri sempri a paci na nostra organizzazioni.

S'hava a circari sempri, in tutti i modi, a paci e l'unità tra di nui... finu a quannu è possibili..

Ma u patruni è sempri patruni... e nun si transigi!

Che minchia è sta cosa ca si metti in discussioni?

Unni semu arrivati?

Comunque amicu miu iu nenti pozzu aggiungiri e nun m'ammiscu mai quannu si tratta di cosi delicatissimi e comprensibilissimi...

Ora cangiamu discursu don Filicinu....

Ma pirchì nun ti fermi quarche vota a Palemu pu' fistinu di Santa Rosalia...?

A santa de palermitani è intoccabile ed è putenti nu patradisu...

Chiddu ca nui addumannamu idda n'esaudisci...

D'artronti se nun rispetta a nui compaesani... a cu l'hava a fari i favuri e i miraculi?

E catanisi?

Chiddi c'hanu a so Santa Agatuzza e a Siracusa n'uatra granni santuzza Lucia.

A Sicilia don Filicinu l'haiu dittu sempri è in manu e fimmini.

Sunu i fimmini ca ordinanu e iddi decidunu pi nui!

A vogghia ca facemu e n'arrabbattamu...

Sunu i nostri muggheri ca ni cumannanu a bacchetta e nui quannu circamu d'apriri a vucca, mi miettunu all'istanti e so cumanni...

Però, in compensu, nui u nostru misteri di pupari u sapemu fari beni....

Sapemu smoviri i fila comu vulemu... e comun ni pari e piaci.

Accussì hava essiri ora e sempri...

Amicu miu!
Ora t'ha salutari.
Dammi na vasata a speru di rivediriti quantu prima…
Va beni?
Mu prometti ca mi veni a truvari prestu cu tutta a to famigghia?
A prestu… e dammi boni notizie di sta situazioni toi e cerca di sistimarla na megghiu manera.)

Fu così, in questo modo, professore mio, che me sono andato via da Palermo, più rassicurato e deciso in quello che era il mio progetto, che andavo perfezionando strada facendo.
Dovevo infliggere una punizione esemplare ed estrema a quei due che cominciai ad odiare come fossero i miei due peggiori nemici.
Covavo tanto astio e rancore che nella mia testa, me ne venivano cento modi per togliermeli definitivamente davanti.
Non li volevo neanche più vedere né guardare con gli occhi miei.
Promisi a me stesso che, sino a quando non chiudevo questa faccenda con questi traditori don Caloiru e don Marianu, non avrei trovato pace e serenità.

(Fu accussì, ni stu modu, prefessureddu miu, mi ni ivu di n'Palermu, chiù rassicuratu e decisu in chiddu ca era u me progettu ca iva sistimannu na me menti, strata facennu.
C'haviva a dari na punizioni esemplari ed estrema a chiddi dui ca cominciai a odiari comu si fussiru i mei dui chiù tinti nemici.
Cuvavu tanto astiu e rancori ca na me testa mi ni vinevanu centu modi pi livaramilli definitivamenti di davanti.
Nun li vuliva chiù vidiri né taliari cu l'occi mei.
Prumisi a mia stissu ca sinu a quannu nun chiudiva sta faccenna cu chisti tradituri di don Caloiru e don Marianu nun haviva a truvari paci e serenità.)

"Austinu!
Ntoniuzzu!
Dove siete?
Pasqualino va a chiamarli i picciotti e falli venire con tutta la squadra perchè devo comunicare cose importanti.

Se non li trovi nelle vicinanze va a prenderli sino a casa loro con la macchina, perché devo dare novità urgenti, inderogabili e riservate."

(Austinu...!
Ntuniuzzu..!
Unni siti....?
Pasqualinu va chiama i picciotti e falli viniri assemi a squadra ca c'haiu a parrari di cosi importanti.
Se non li trovi ne vicinanzi va pigghiali ca machina pirchì novità urgenti c'haiu a comunicari, cosi inderogabili e risirvati.)

"Come vuole vossia don Filicinu
Vado di corsa e torno con i picciotti.
Nel giro di mezz'ora li porterò dove vuole."

(Comu voli don Filicinu – rispose di scatto l'autista.
Fazzu na vulata e tornu chi picciotti.
Nu giru di menzura i portu unni voli.)

"Portameli tutti al capannone di contrada Homo morto.
In quel posto nascosto non ci disturberà nessuno perché è isolato e lontano da orecchie ed occhi indiscreti."

(Portamilli tutti o capannuni di contrada "Homu mortu".
Ni ddu postu ammucciatu, nun ni disturba nuddu, pirchì è isulatu e luntanu da oricci e occi indiscreti.)

Arrivati al luogo stabilito, mi misi al centro di un grande tavolo ed esposi il mio piano ai miei fidati e alla squadra di uomini d'onore che dovevano attuare, assieme ad altri scagnozzi non presenti, l'azione di sangue e di morte contro quei due irriducibili don Marianu e don Caloiru.

"Allora...!
Mi avete capito bene?
Sono stato chiaro o c'è qualche dubbio su quello che dovete fare?
La sortita si deve attuare con velocità e destrezza.

Non devono avere il tempo neanche di girare la testa e rendersi conto di quello che è successo.

Spietata, immediata, decisa ed esemplare deve essere la punizione per quei disgraziati traditori.

Non vi fate fregare …!

Vi raccomando…

Non date tempo di nulla a quegli svergognati.

Dopo, tornatevene nelle vostre case e riprendete la vostra vita normale, nelle vostre famiglie, come se nulla fosse successo.

Questo è il vostro lavoro e si deve fare a regola d'arte se non volete rimetterci la pelle.

La morte loro è la vita vostra.

Ricordatevelo di non avere pietà perché potete rimetterci la pelle e se la volete gettare al vento a me personalmente non importa una minchia!

Importante è che non compromettete il mio lavoro e il mio scopo.

Mi sono spiegato bene?"

(Allura..!

Mi capistivu bonu?

Fui chiaru o c'è quarche dubbiu supra chiddu c'haviti a fari?

A sortita s'hava attuari cu velocità e distrezza.

Nun n'hanu aviri u tempu mancu di girari a testa e rinnirisi cuntu di chiddu ca ha successu.

Spietata, immediata, decisa ed esemplari hava essiri a punizioni pi chiddi disgraziati tradituri.

Nun vi faciti futtiri!

Vi raccumannu…

Nun dati tempu di nenti all'autri amici di chiddi svriugnati.

Dopu turnatavinni e vostri casi e ripigghiati a vostra vita normali ni vostri famigghi comu si nenti fussi.

Del restu, chistu è u vostru travagghiu e s'hava a fari a regola d'arti, se nun ci vulti rimettiri a peddi.

A morti sua è a vita vostra!

Ricordatavillu di nun aviri pietà pirchì ci putiti rimettiri a vita e si a vuliti ittari o ventu, a mia, pirsunalmenti nun m'importa na minchia.

Fondamentali è ca nun compromittiti u me travagghiu e u me scopu.

Mi sono spiegato bene?)

"Certamente…!" Risposero tutti in coro.

"Eseguiremo alla lettera tutto quello che vossia vuole - aggiunse Austinu -
E poi lo vedrà con i suoi occhi che azione siamo capaci di fare.
Noi uomini di don Filicinu risultiamo i meglio e i più spietati della zona.
È vero amici miei?
Diciamolo tutti in coro che in questa partita ce ne usciremo con le mani pulite e faremo l'operazione come se sopra quei due, fosse passato l'angelo della morte che non lascia traccia e impronta."

E fu così, in questo modo, professore mio, che dopo qualche giorno i giornali portarono la notizia che don Mariano lo avevano trovato morto ammazzato, in mezzo la strada del suo paese, in una pozza di sangue.
Rimase solo come un cane.
Nessuno gli diede aiuto e tutte le persone si chiusero dentro le abitazioni per non avere da fare con le forze dell'ordine.
Nessuno vide e nessuno sentì nulla.
Omertà assoluta.
Questa è la nostra fedele alleata che la gente ci offre in omaggio.
Poi fu la volta di don Caloiru.
I giornali chiarirono che morì dentro la sua automobile che prese fuoco per uno strano corto circuito.
Così dissero e così scrissero quei bravi giornalisti del cazzo.
Se lei, professore mio caro, vuole leggere notizie più precise, le vada a riscontare nella cronaca del Giornale di Sicilia di quei tempi, nell'anno duemila…
E lo sa poi gli eredi di quei due boss galantuomini che fine hanno fatto?
Vennero ad ossequiarmi ai miei piedi e a mettere a mia disposizione la loro vita.
Vollero baciarmi le mani che io ritirai perché non permetto che gli estranei mi bacino neanche le dita dei mie piedi.

Poi, mi dissero:

(Fu ni stu modo caru prefessureddu miu, ca dopu quarchi iornu i giornali purtaru a notizia ca don Marianu l'havivanu truvatu ammazzatu 'nmezu na strata du so paisi e ni na pozza di sangu.
Ristò sulu comu un cani.
Nuddu ci desi aiutu e tutti i pirsuni si vosiru chiudiri dintra i casi pi nun aviri a chi fari chi forzi dell'ordini.
Nuddu visti e nuddu sintì nenti...
Omertà assoluta.
Chista è a nostra alleata ca a genti ni offri in omaggio
.....
E poi ci fu a sorti di don Caloiuru.
I giurnali chiareru ca morsi dintra a so automobili ca ci pigghiò focu pi nu stranu cortu circuitu...
Accussì dissiru e accussì scrissiri ddi bravi giornalisti du cazzu.
Se lei prefessuri miu beddu si voli leggiri notizi chiù precisi, si issi a taliari a cronaca nu Giurnali di Sicilia di ddi tempi, nill'annu dumila...
E u sapi poi l'eredi di chiddi dui beddi galantuomini morti chi ficiru?
Vinniru sinu e me pedi a ossequiari e a metteri a loro vita a disposizioni mia.
Mi vosiru vasari i manu ca iu m'arritirai pirchì nun permettu ca estranei mi vasunu mancu i ita di pedi.
Poi accussì mi dissiru)

"Don Filicinu!
Le giuriamo fedeltà, rispetto, sudditanza.
Con noi può stare sicuro perché avrà due amici fino alla morte..."

(Don Filicinu!
Ci giuramu fedeltà, rispettu e sudditanza.
Cu nui po' stari sicuru pirchi c'havi du amici finu a morti...)

"Sì" gli risposi.
Sino alla morte di questo cazzo!

(Sì... Ci rispusi iu.

Sinu a morti di stu cazzu …)

"E adesso che fa professore mio stimato?
È rimasto di stucco?
Non parla più?
Che le è successo?
Si è impressionato per ciò che le ho raccontato?
Non mi faccia ridere…!
Forse è rimasto sconvolto per come sono morti quei due mala carne?
Deve imparare, amico mio, che la vita si deve affrontare per quella che è.
Non si deve voltare la faccia dall'altra parte e far finta di nulla.
Voscenza non è abituata a guardare la morte in faccia?
Glielo devo insegnare io?

(E ora chi fa prefessureddu miu du me cori?
Ristò alliccutu e nun parra chiù?
Chè?
S'impressionò… di fatti ca ci vosi cuntari?
Ma nun mi facissi arridri!
Forsi ci ristò mali di comu morsiru chiddi dui beddi mala carni?
S'hava a imparari, amicu miu ca a vita, s'ha taliari nill'occhi.
Nun s'hava a vutari a facci dill'autra parti e fari finta di nenti.
Voscenza nun è abituatu a taliari a morti in faccia?
Ci l'haiu a insignari iu?)

- Lei pensa che alla mia età don Filicnu, possa insegnarmi qualcosa di questo genere?
Lei mi può raccontare tutte le chiacchiere di questo mondo, la mia maestra è la vita quella che costruisce e non quella che distrugge.

- Veda professore mio carissimo che voscenza sta sbagliando…
Quella che le ho raccontato è proprio la vita…
Magari un aspetto della vita ma sempre quella è!
Se poi non la desidera vedere è padrone di fare quello che vuole…

Le mie parole rispecchiano la verità, non quella fatta di belle cose e di buoni propositi e di ideali auspicati da voscenza.

Forse è abituato a vivere nella bambagia!

La verità è che non ha mai vissuto nel pericolo, negli stenti, tra delinquenti che vogliono la tua morte, con o senza giusto motivo.

Non ha mai visto o vissuto in mezzo al sangue con chi vuole sbranarti e toglierti di mezzo, rubarti il fiato, la vita, l'onore, la dignità fino a depredarti dell'ultimo pensiero che hai nella mente.

Secondo lei noi dove viviamo?

Nella luna?

In un altro mondo?

Non facciamo forse parte di questa società di merda, di iene, serpi e lupi?

Allora, fanno bene le persone quando dicono che la mafia non c'è e che non esiste?

A voscenza, adesso, lo sto capendo...

Forse vuole fare parte di quest'esercito di stronzi e di pusillanimi?

Veda che a noi fa comodo quando dicono così.

Quando dichiarano che la mafia non esiste.

Ci fa piacere.

Eccome!

Se noi non esistiamo, non esistono neanche i nostri traffici, neanche i morti ammazzati, gli affari loschi e sotto banco.

Vuole forse dire questo?

La smetta, una buona volta, di fare il moralista e scenda dalle nuvole del suo cielo dove vive e si fermi a vedere, in modo chiaro i fatti veri e reali che non sono solo da guardare ma da vedere, osservare e riflettere.

Sapesse quanta gente conosco che vive di fretta, pensando solo ai cazzi suoi e poi, ha il coraggio di riempirsi la bocca di belle parole come, l'onestà, la morale, la legge, la correttezza, la dignità e tante altre minchiate di belle parole.

Sono capaci perfino di commuoversi con le lacrime da coccodrillo.

Chissà, forse tra questa bella gente c'è pure voscenza!

Che?

Forse mi sbaglio?

Anzi spero di sbagliarmi per me e per voscenza.

Sarebbe meglio che togliessero per sempre dal vocabolario tutte queste belle parole che tantissima gente pronunzia a sproloquio ed abuso, senza conoscerne il vero significato.

Queste parole non si dovrebbero mai pronunziare, ma viverle con i fatti e con l'esempio.

Pure noi le sappiamo dire...

Siamo tutti bravi a dire chiacchiere...

Che ci concludiamo se poi la verità è quella che voscenza vede intorno?

Non c'è proprio dove voltarsi che i ladri e scrocconi, ingannatori, gli arrampicatori sociali, quelli che lo fanno per denaro, sono capaci a vendersi l'anima e vivono a gomito a gomito con noi... e pure voscenza fa finta di non vedere.

Non mi venga a dire che non è come la penso io...!

Allora gli occhi ce li ha chiusi...

In questo caso è meglio nascere cieco e sordo.

(Vidissi prufessureddu miu ca voscenza sta sbaghiannu...

Chiddu ca c'haiu cuntatu iu è propriu a vita....

Macari na facciata di sta vita ma sempri vita è!

Si poi nun la desidera vidiri è patrunu di fari chiddu ca voli...

Ma i me paroli rispecchianu a verità, non chidda fatta di beddi cosi e di boni propositi e di ideali vissuti da voscenza.

Forsi è abituatu a campari isulatu!

A virità è ca nun l'ha mai vissuta a vita nu periculu, ni stenti, tra delinquenti ca vonu a to morti, con o senza giustu mutivu...

Nun ha mai vistu e vissutu 'menzu u sangu, a cummattiri tutti i iorna contra cu ti voli sbranari e luvariti du menzu, rubari u sciatu, a vita, l'onori, a dignità, finu a spurpariti l'urtimu to pinseri na menti.

Secunnu lei unni vivemu nui?

Na luna?

Ni n'autru munnu?

Nun facemu forsi parti di sta società di merda di ieni, di serpi e di lupi?

Allura fanu beni i pirsuni quannu diciunu ca a mafia nun c'è e nun esisti?

Voscenza ora, forsi, u staiu capennu, voli fari parti di st'esercitu di strunzi e pusillanimi.

Vidissi ca a nui… fa comudu quannu diciunu accussì.

Quannu ni dichiaranu ca a mafia nun esiti ni fa piaciri.

Eccomu!

Si nun esistemu, non esitunu mancu i nostri traffici, mancu i morti ammazzati, l'affari loschi e sutta bancu.

Voli forsi diri chistu?

A smittissi na bona vota di fari u moralista e scinnissi na nuvola du cielu unni vivi e si firmassi a vidiri, na vota, na so vita, i fatti veri e reali, ca nun sunu sulu di taliare ma d'ossirvari e riflettiri.

Sapissi quanta genti canusciu ca vivi di prescia e currennu, pinzannu sulu e cazzi soi e poi hanu u curaggiu d'allinghirisi a vucca di beddi paroli comu, l'onestà… a murali… a liggi… a correttezza… a dignità… e tanti autri beddi minchiati di paroli.

Sunu capaci perfinu ca si commuovunu chi lacrimi di coccodrillu.

Macari in menza a sti genti c'è puri voscenza!

Che?

Mi sbaghiu?

Anzi speru di sbaghiarimi pi mia e pi voscenza!

Fussi megghiu ca luvassiru, pi sempri du vocabolariu tutti sti beddi paroli ca tantissima genti pronunzia facennunu sproloquiu e abusu, senza sapiri u veru significatu.

Sti paroli nun s'havissiru mai a pronunziari ma viviri chi fatti e cu l'esempiu.

Puri nui i sapemu diri sti beddi ciacciri…!

Tuttu boni semu a diri e a fari ciacciri…

Ma chi concludemu se poi a virità è chidda ca puri voscenza vidi intornu?

Nun c'è propriu unni vutarisi ca i latri, scruccuni, ingannaturi, arrampicaturi, genti ca pi fari tanticchia di dinaru è capaci di vinnirisi l'anima, si trovunu gomitu a gomitu cu nui, o sciancu e puri voscenza, sugnu sicuru, fa finta di non vidiri.

Nun mi vinissi a cuntari ca nun è comu dicu iu…!

Allura l'occi ci l'havi propriu chiusi.

Ni stu casu è megghiu nasciri ciecu e surdu.)

- Don Filicinu crede di farmi confondere!
Ho le idee chiare sulla vita e non possono, le sue parole di cui lei è abile manipolatore, farmi cambiare opinione.
Vuole dire che tutte le persone, sono così come lei dice?
Disoneste, inaffidabili e ladrone?

- Se non tutte diciamo quasi tutte... magari ne salviamo qualcuno.
E vediamo, invece, professore mio, quali sono le sue opinioni?
Me le rappresenti!
Sarei curioso di conoscere le sue idee di uomo onesto ed integerrimo...
Non mi faccia ridere che pure voscenza, che sembra un santo... chissà poi se sotto, sotto, le sue parole rispecchiano la realtà.

(Se non tutte diciamo quasi... quasi tutte... macari ni sarvamu quarchedunu.
E videmu, inveci, prefessureddu miu quali sunu i so opinioni?
Mi cuntassi!.
Ca fussi curiusu di canusciri i so idee di homu onestu integerrimu...
Nun mi facissi arridiri ca puri voscenza ca pari santuzzu, macari sutta sutta, cui u sapi, se poi i so paroli rispecchiunu a virità.)

- Non ho chiacchiere da fare.
Né intendo raccontare la mia esistenzaa e neanche mi va di pronunziare quelli che voscenza chiama paroloni.
Faccio parlare la mia vita per quella che è stata.
Non ho altra carta da giocare e da presentare a testimonianza di ciò che ho fatto e come ho vissuto.
Certamente i miei errori sono stati tantissimi.
M'insegna che "Nuddu nasci imparatu"!
Che nella natura umana è insito sbagliare, ma mai mi sono avvicinato al confine che delimita il modo di pensare che vossia ha nella sua mente.
Viviamo due mondi diversi e inavvicinabili.

(Non intendu cuntare a me vita e mancu mi va di pronunziare chiddi ca voscenza chiama paroloni.

Fazzu parrare a me esisteza pi chiddu ca fu e chidda ca è.
Nun haiu autra carta da iucare e da presentari pi testimoniari chiddu ca haiu fattu e comu haiu vissutu.
Certamente i me errori sunu stati tantissimi.
M'insegna lei che "Nuddu nasci imparatu"!
Che na natura umana è insito sbagghiari ma ci pozzu assicurari ca mai mi sono avvicinato o confine che delimita il modo di pensare che vossia ha nella sua mente.
Semu du munnii diversi e inavvicinabili.)

- Che bravo questo professore quando parla...
Mi fa pure commuovere.
Vede?
Mi stanno scendendo giù anche le lacrime.
Le faccio presente una cosa caro amico.
Non è vero che si dice che la vita è bella perchè è varia?
Se tutti fossimo come voscenza che monotonia questa esistenza!
Perciò, alla fine, è bene che esita nel mondo gente varia.
Ce ne sono di brave persone, oneste, corrette, pulite, ben vestite di giacca e cravatta che, tutte le mattine vanno a lavorare, a guadagnare, dicendo a ognuno che incontra col sorriso in bocca, buongiorno, buonasera e buonanotte...
Che scena commuovente è questa ..!
Sembrerebbe che fossimo nel regno della fantasia e delle favole.
Magari al teatro...
Ma dove vive?
Lasci perdere per favore!
Ascolti me e mi faccia il cazzo del favore di starsene, almeno, zitto.
Ci guadagnerà molto tenendo la bocca chiusa.

(Chi bravu stu prefessureddu quannu parla...
Mi fa puri commuoviri.
Tal'è!
Mi stanu scinnennu puri i lacrimi.
Ci dicu na cosa amicu miu.
Nun è forsi veru ca si dici ca a vita è bedda pirchì è varia?
Si tutti fussiru comu a voscenza che monotonia st'esistenza!

Perciò è un beni ca esisti nu munnu cu genti varia.

Ci n'è di beddi pirsuni onesti… corretti…. puliti, allicchittati in giacca e cravatta, ca va tutti i matini a travagghiari, a guadagnari, dicennu a ognunu ca incontra, cu sorrisu na vucca, bongiornu, bonasera e bonanotti…

Chi bedda scena commuoventi è chista…!

Parissi ca fussimu nu regnu da fantasia e di favuli.

Oppuri o tiatru…

Unni vivi?

U sapi chi ci dicu?

Lassassi perdiri.

Scutassi a mia e mi facissi u cazzu di favuri di starisinni quantumenu mutu.

Ca ci guadagna assai tinennu a vucca chiusa.)

- Perché, lei don Felicinu mi vorrebbe impedire di parlare?

Non dovrei esprimere la mia opinione?

- Per carità…!

Ci mancherebbe altro.

S'accomodi pure…

Le volevo impedire soltanto di dire stronzate e minchiate che non stanno né in cielo né in terra.

Sono ottime per fare da intrattenimento per coloro che si sentono intellettuali e macinano le parole, le tritano, le girano e le rigirano senza mai pervenire ad una conclusione e lasciano il discorso in aria e sempre col punto interrogativo.

Con la scusa che vogliono lasciare la libertà di scelta e di pensiero agli altri, invece lasciano i problemi insoluti e privi di risultato pratico.

La gente, quella che conosce lei, è una minima fetta della società, mentre quella che conosco io, sopravvive e combatte, giorno dopo giorno, per le strade.

Quella che circola nei mercati di Baddarò, della Ucceria e quella di tanti altri mercatini vari.

Fanno i conti col centesimo per comprare da mangiare e arrivare a fine di giornata con qualcosa sotto i denti.

È questa la gente che affolla le strade e che guarda la maggior parte dei negozi senza poter comprare un cazzo di nulla.

Che dire dei giovani che cercano sistemazione e di quelli di mezz'età che ancora aspettano e sperano che arrivi il posto di lavoro e poi, quegli altri signori che una volta vivevano decorosamente ma che adesso, in questi tempi di crisi, sono costretti a campare di elemosina.

Sì!

Vera elemosina.

Chi pensa a queste persone?

Voscenza professore mio?

Che quando passa per strada e vede questa gente si sente pure disturbato se le chiedono l'elemisina di cinquanta centesimi!

Lei cammina veloce e sicuro per le strade di città e se ne va dritto per i cazzi suoi.

Si è mai fermata a guardare in viso la gente povera?

Lo faccia…

Almeno una volta…

Ma veramente.

(Pi carità…!

Ci mancassi autru…

S'accomodassi puri…

Ci vuliva sulamenti impediri di diri strunzati e minchiati ca nun stanu in cielu e né in terra.

Sunu boni a fari da intrattenimentu pi chiddi ca si sentunu intellettuali e i paroli i macinaniu, i tritanu; i giranu e i rigiranu senza iri mai a na conclusioni e lassanu u discursu all'aria, sempri cu puntu interrogativo.

Ca scusa ca vonu offriri a liberta di scelta all'autri pirsuni, inveci lassanu sempri tutti i problemi insoluti e privi di risultatu praticu.

A genti, chidda ca canusci lei è na minima fetta da società, mentri chidda ca iu canusciu e vivu, cummatti iornu dopu ionu ni strati.

Curri ni mercati di Baddarò, da Ucceria e ni tanti autri… mercatini vari…

Si fanu i cunti cu centesimu pi accattari u mangiari e passari a iurnata circannu di mettiri sutta i denti quarche cosa.

È chista a stragrandi da genti ca affudda i strati e ca talia a maggior parti di negozi senza putiri accattari un cazzu di nenti.
Chi diri di giovani ca cercanu a sistemaznioni, di picciuttazzi di menza età ca ancora aspettanu e speranu ca arriva u postu di lavoru e di chiddi signori ca na vota vivevanu decorosamenti ma ora, cu sti tempi di crisi, sunu costretti a campari di elemosina!
Sì!
Vera elemosina.
Cu ci pensa pi chista genti?
Voscenza prefessureddu miu...?
Ca quannu passa pi strata e vidi sti pirsuni si senti disturbatu se c'addumannanu cinquanta centesimi!
Voscenza camina veloci ni strati di città e va drittu a fari i cazzi so!
Ma s'è mai firmatu a taliari na facci a genti misiriusa?
U facissi...
Armenu na vota na so vita.)

- Glielo ripeto don Felicino, faccio quel che posso...

(Lu ripetu don Felicini, iu fazzu chiddu ca pozzu.)

- Bella questa risposta ...!
Troppo comodo questa frase e con poche parole se n'è uscito!
Mi complimento con lei.
Le voglio battere pure e di nuovo le mani.
E dopo aver detto questo si sentirà magari la coscienza a posto.
È vero?
Beato lei che può manipolarla come vuole.
Si vede che è una persona abile ed istruita...
In questo campo, in questo settore è più bravo di me.
L'ammetto!
L'ammetto veramente che è un maestro, perché io quando faccio una cattiva azione e so veramente che è una "cattiva" azione, oppure quando ometto di fare ciò che avrei dovuto, la coscienza mi fa tanto di quel baccano, che io, alla fine la lascio fottere, ma lei mi tormenta e non mi lascia in pace.
Invece la sua è beata e tranquilla...

Fortunata è!
Mi fa veramente piacere che vive in pace e in armonia.
Che vuole che le dica?
Beato lei!
Professore mio...
Parliamoci chiaro.
Evitiamo di nasconderci nelle chiacchiere e nelle parole.
Non so, arrivato a questo punto, qual è il mondo migliore tra il mio e il suo.
Vuol dire che quando lei muore le faremo l'aureola d'oro e così sia.
Amen.

(Bedda risposta è a sua!
Troppo comoda sta frasi e cu pochi paroli si ni nesci!
Mi complimentu cu voscenza.
Ci vogghiu battiri puri stavota i manu.
E dopu ca ha dittu chistu c'havi a cuscenza in paci.
È veru?
Beata voscenzai ca a pò manipolari come voli.
Si vidi ca è na prisuna abili e istruita!
Ni stu campu... ni stu settori... è chiù bravu di mia...
L'ammettu...!
L'ammettu veramenti che è nu maestru pirchì iu quannu fazzu na mala azioni e sacciu ca è veramenti na "mala azioni", oppuri quannu omettu di fari chiddu c'havissi duvutu, a me cuscenza, mi ni fa tantu di chiddu schifiu ca macari ca iu a lassu futtiri, idda mi tormenta e nun mi lassa mai in paci.
Inveci voscenza è beata e tranquilla...
Furtunata è!
Mi fa veramenti piaciri ca vivi in paci e in armonia.
Chi boli ca ci dicu?
Beatu è!
.....
Vordiri... Prefessureddu... parramini chiaru e tunnu!
Evitamu d'ammucciarini d'arrè i ciacciri e i paroli.
Nun sacciu arrivatu a stu puntu qual è a parti di munnu chiù bedda tra a mia e a sua.

Patri, Patrinu e Patruni

Vordiri ca quannu mori lei ci facemu l'aureola d'oru e così sia…. Amen!)

- Il mondo dove vive lei don Filicinu è pieno d'odio, inganni, morte e distruzioni.

- Perché quello in cui vive lei è tanto più bello e rassicurante?
Ci rifletta professore caro.
Ci rifletta e poi s'accorge che dà ragione a me.
La differenza alla fine non è molta!
La vita è questa…
Chi la può cambiare?
Mai nessuno amico mio!
Proprio nessuno.
Mondo è stato e mondo sarà.
Nussuno può cambiare nulla.

(Pirchè in chiddu unni vivi lei è tanto chiù beddu e rassicuranti?
Ci riflittissi prefessureddu miu…
Ci riflitissi e poi vidi ca duna ragiuni a mia.
A differenza all'urtimata nun è assai!
A vita è chissa…
Cu a po cangiari?
Mai nuddu amicu miu.
Propriu nuddu.
Munnu ha statu e munnu sarà…
Nuddu a po' cangiari.)

- La coscienza umana potrà cambiare la vita.
Solo quella.

- E ci risiamo con la coscienza!
A che serve averla se poi nessuno l'ascolta e le dà retta?
Io non la considero proprio e ne ho fatto il callo..
E lei professore mio …. che ne ha fatto della sua coscienza?
Forse di tanto in tanto le da un'occhiata?
…

Patri, Patrinu e Patruni

Ed adesso che sta facendo?
Se ne sta andando senza salutarmi...?
Non mi dica che vuole fare l'ineducato proprio con me?

(E ci semu arrè cu sta "cuscenza"!
A chi servi aviri a cuscenza se poi nuddu a scuta e ci duna cuntu?
Iu nun la cunsidiru propriu e ci fici puri u caddu...
E voscenza... professureddu miu... chi n'ha fattu da so coscienza?
Ci duna n'occhiata di tantu in tantu...?
. . . . .
E ora chi fa?
Si ni sta iennu senza salutarimi...?
Nun mi dicissi ca voli fari u vastasi propriu cu mia?)

- Mi deve scusare don Filicinu... ma mi ero distratto e stavo riflettendo.
Adesso la saluto...
E che cosa posso dirle?
Che mi ha fatto piacere fare la sua conoscenza?

- Professore mio!
Che si aspetta forse che sia io a suggerirle le parole di commiato?
Lei che è più istruito le deve trovare quelle giuste ed appropriate.
In fondo lei un un galantuomo.

(Professuri miu..!
Chi s'aspetta pi casu ca ci suggerisciu iu i paroli di commiatu?
Lei ca è chiù istruitui l'hava a truvari chiddi giusti ed appropriati.
In fondo lei è nu galant'homu.)

- Perchè mi dice "in fondo"?
Forse non mi crede in quel che sono veramente?

- Ricominciamo di nuovo con le domande?
E poi con le risposte... così all'infinito?
Questo è solo il momento dedicato al saluto.

Non le do neanche la mano per evitare mi debba dare la sua, solamente per cortesia o per educazione.
Le dico solamente "Addio".
Le va bene questo saluto o no?
Lo vuole cambiato?

(Cumunciamu arrè chi dumanni?
E poi... chi risposti e accussì... all'infinitu?
Mi pari ca dissi ca n'ama a salutari.
Chistu è sulu u mumentu dedicatu o salutu.
Nun ci dugnu mancu a manu pirchì nun vulissi ca voscenza mi dessi a sua sulamenti pi cortesia o pi educazioni.
Ci dicu sulu "Addiu".
Ci va beni stu salutu o no?
U voli cangiatu?)

- No!
Grazie, così.
Non poteva trovare una parola migliore di questa.
Ed io le auguro che possa essere assistito dalla Provvidenza...
Mi riferisco naturalemente solo e soltanto a quella divina.